オオカミ神社におねがいっ！

～姫巫女さまの再出発《リスタート》～

築山 桂／著
玖珂つかさ／イラスト

★小学館ジュニア文庫★

オオカミ神社におねがいっ！

Please to the wolf shrine!

姫巫女《ひめみこ》さまの再出発《リスタート》

もくじ

人物紹介《じんぶつしょうかい》

泉《いずみ》アカリ

貧乏《びんぼう》な泉水神社《いずみじんじゃ》のひとり娘《むすめ》。とっても平凡《へいぼん》な中学生《ちゅうがくせい》だったはずが…？

玖狼《くろう》

アカリが飼《か》っていたイヌ・クロのかわりにあらわれた謎《なぞ》のイケメン。

ハムちゃん

神社《じんじゃ》にあった木彫《きぼ》りのネズミ。アカリの力《ちから》で動《うご》けるように！

藤ヶ崎《ふじがさき》レイ

藤ヶ崎《ふじがさき》財閥《ざいばつ》のスーパーおじょうさま。泉水神社《いずみじんじゃ》の隣《となり》に住《す》む幼《おさな》なじみ。

クロ

伝説《でんせつ》の姫巫女《ひめみこ》を守《まも》る山《やま》の神《かみ》の化身《けしん》。

地図《ちず》

第《だい》一《いっ》章《しょう》

姫《ひめ》巫《み》女《こ》は恋《こい》を応《おう》援《えん》する

1

鳥居《とりい》のそばに、背《せ》の高《たか》い男《おとこ》の人《ひと》が立《た》っていた。

あたしは思《おも》わず、足《あし》を止《と》めた。

知《し》らない人《ひと》だ——たぶん。

うつむいた横顔《よこがお》しか見《み》えないけど、すらりとスタイルがよくて、ぴんと背筋《せすじ》の伸《の》びた立《た》ち方《かた》が、まるでモデルみたいだった。

あたりには他《ほか》に誰《だれ》もいなくて、夕暮《ゆうぐ》れの境内《けいだい》には、彼一人《かれひとり》だけ。映画《えいが》のポスターみたいに美《うつく》しいなと思《おも》った。

……だけど、その人《ひと》はなんだかやけに……さびしそうっていうか、心細《こころぼそ》そうっていうか、一言《ひとこと》で言《い》うと、しょんぼりしてるように見《み》えた。

だから、

「あ、あの、どうかされました？」

あたしはつい、声《こえ》をかけた。

あたし、泉《いずみ》アカリは、ここ泉水神社《いずみじんじゃ》を代々守《だいだいまも》ってきた神主《かんぬし》の家《いえ》の娘《むすめ》だ。まだ中学二年生《ちゅうがくにねんせい》で、いずれは神社《じんじゃ》を継《つ》ぐつもりだけど、今《いま》は巫女《みこ》として、神主《かんぬし》の手伝《てつだ》いをしている。

——といっても、霊力《れいりょく》があるとか、そういうわけじゃ、たぶん、ない（いやホントはあるはずだって言《い》われてはいるんだけど、自分《じぶん》ではよくわからないんだよね……）。

だから、その人《ひと》がしょんぼりして見《み》えたっていうのも、ただのあたしの思《おも》い込《こ》みかもしれないんだけど、でも、なんだか、ほうっておけなかった。

それに、今《いま》は午後六時過《ごごろくじす》ぎ。一般《いっぱん》の方《かた》のお参《まい》りは、締《し》めきっている時間《じかん》なんだよね。知《し》らない人《ひと》が境内《けいだい》にいるのはヘンなんだ。近所《きんじょ》の人《ひと》ならアリだけど。

どうしてここにいるんだか、神社《じんじゃ》の人間《にんげん》としては気《き》になる。

「——え？」

あたしの声《こえ》に気《き》づいた男《おとこ》の人《ひと》は、顔《かお》をあげて、こっちを見《み》た。

バチ――っと目《め》が合《あ》う。

う……カッコいい！

あたしは、ドキッとしてしまった。

まなざしがするどくて、表情《ひょうじょう》がキリリとしてる。初《はじ》めの印象《いんしょう》ほどには年上《としうえ》ではなさそうで、高校生《こうこうせい》くらい、かも。――それにこの人《ひと》、どこかで見《み》たことがある気《き》がする。ええと、どこで見《み》たんだろ。とっさに思《おも》い出《だ》せない……。

「ほほー、イケメンやな」

あたしの胸元《むなもと》で、いきなり声《こえ》がした。

ハムちゃんだ。

腕《うで》に抱《かか》えていたハムちゃんが、グググっと伸《の》び上《あ》がって男《おとこ》の子《こ》をながめると、感心《かんしん》したようにつぶやいている。

うん、それは確《たし》かにそうだね――ってうなずきかけて、そこであたしはハッと気《き》づいた。

「わ、ちょっと、ハムちゃん、だめだよっ……」

抱《だ》っこしていたハムちゃんの口《くち》をふさぎ、これ以上動《いじょううご》いたりしないように、むぎゅっとその体《からだ》を抱《だ》きしめる。ジタバタ……とハムちゃんはあばれたけど、しかたない。

だって、ハムちゃんは、あたしの腕《うで》のなかにすっぽりおさまるくらいの大《おお》きさの、丸《まる》っこくてかわいいハムスター……ではなくて、正体《しょうたい》のわからない謎《なぞ》の生《い》き物《もの》だ。そもそも普《ふ》通《つう》のハムスターはしゃべらない。

実《じつ》はハムちゃん、もとはうちの神社《じんじゃ》に飾《かざ》ってあった木彫《きぼ》りのネズミなんだ。それがなぜか、いきなり動《うご》いたりしゃべったりしはじめたものだから、あたしはもちろんパニックになった。

ただ、そのときは他《ほか》にもっとアレコレとパニックになるネタがありすぎたんだよね。木《き》彫《ぼ》りのネズミがしゃべるくらい何《なに》よ！　……って思《おも》っちゃったほどで、そうこうしている間《あいだ》に、ハムちゃんはあたしの大事《だいじ》な友達《ともだち》になり、一緒《いっしょ》に暮《く》らす家族《かぞく》の一員《いちいん》にもなった。

――とはいえ、よその人《ひと》に見《み》られるとちょっとマズい。

謎《なぞ》の男《おとこ》の子《こ》は、あたしとハムちゃんをけげんそうに見《み》てはいたけれど、ハムスターがしゃべったとは思《おも》わなかったみたいで、特《とく》に驚《おどろ》いた顔《かお》はしていなかった。——よかった。

じっとしててねハムちゃん——って、小声《こごえ》で言《い》い聞《き》かせてから、あたしは彼《かれ》に近《ちか》づいた。

「こんばんは。ようこそお参《まい》りくださいました。何《なに》か、おさがしのものでも……」

ございましたか——って、よそ行《い》きの口調《くちょう》で言《い》おうとしたあたしの声《こえ》をさえぎって、彼《かれ》が言《い》った。

「あの……この水《みず》って、本物《ほんもの》なんですか」

彼《かれ》が指《ゆび》さしていたのは、鳥居《とりい》のそばにある、最近《さいきん》作《つく》った立《た》て札《ふだ》だ。こう書《か》いてある。

〈真実《しんじつ》の泉《いずみ》が復活《ふっかつ》！　千年前《せんねんまえ》から伝《つた》わるキセキの水《みず》！　飲《の》むとフシギ、ウソがつけなくなりますよ。ぜひおためしください〉

「……ええと」

あたしは言葉《ことば》につまった。

真実《しんじつ》の泉《いずみ》というのは、泉水神社《いずみじんじゃ》の境内《けいだい》にある、知《し》る人《ひと》ぞ知《し》る伝説《でんせつ》の泉《いずみ》のことだ。

その水《みず》を飲《の》んだ人《ひと》は、ウソをつくことができなくなる。次《つぎ》の夜《よる》に月《つき》が沈《しず》むと効果《こうか》は切《き》れてしまうけど、それまでは、隠《かく》しておきたいことも、聞《き》かれたらすべて話《はな》さずにはいられない。キセキの水《みず》であり、使《つか》い方《かた》によっては、かなり危険《きけん》な水《みず》だ。

実際《じっさい》、千年《せんねん》の昔《むかし》、その泉《いずみ》の水《みず》を戦《いくさ》に使《つか》おうとした悪《わる》い殿様《とのさま》がいたらしい。そのたくらみを阻止《そし》するために、泉《いずみ》を守《まも》っていた姫巫女《ひめみこ》さまは、命《いのち》をかけて泉《いずみ》を封印《ふういん》し、水《みず》を涸《か》らしてしまった。その封印《ふういん》を守《まも》るため、姫巫女《ひめみこ》さまに最後《さいご》まで寄《よ》りそっていた美《うつく》しいオオカミを神《かみ》さまとして祀《まつ》り、建《た》てられたのが、この泉水神社《いずみじんじゃ》ってわけ。

ところが、半年前《はんとしまえ》、いきなり、泉《いずみ》の封印《ふういん》が解《と》けちゃったんだ。——他《ほか》ならぬ、このあたしの手《て》で。

——と、同時《どうじ》にいろいろなキセキが起《お》きちゃって（ハムちゃんが目覚《めざ》めたのも、このときだ）、それ以降《いこう》、あたしの人生《じんせい》、あれこれホントに大変《たいへん》なんだけど、まあ、それはともかくとして。

真実《しんじつ》の泉《いずみ》はホンモノ。今《いま》も、境内《けいだい》の片隅《かたすみ》でこんこんと水《みず》が湧《わ》き出《だ》している。

「本当《ほんとう》に、この水《みず》を飲《の》むとウソがつけなくなるんですか」

くり返《かえ》してきいてきた彼《かれ》は、とっても真剣《しんけん》な顔《かお》をしていた。

「それは、その……」

あたしはさらに、困《こま》って口《くち》ごもった。

だってさ……神社《じんじゃ》の娘《むすめ》のあたしが言《い》うのもなんだけど、こういうのって、普通《ふつう》、そこまで本気《ほんき》にしないと思《おも》うんだ。実際《じっさい》、うちにお参《まい》りに来《く》る人《ひと》のほとんどは、「なんだか面白《おもしろ》そう、試《ため》してみようよ～」ってノリで飲《の》んでいて、キセキを本気《ほんき》で信《しん》じていたりはしない。

だからあたしも、いつもなら、にっこり笑《わら》ってこう答《こた》える。気《き》になりますか、ぜひ飲《の》んで確《たし》かめてくださいね――って。

ホンモノの真実《しんじつ》の泉《いずみ》の水《みず》って、飲《の》んだらめちゃくちゃ困《こま》りますよ、何《なに》もウソが言《い》えなくなるんですよ、秘密《ひみつ》にしておきたいことだってバレますよ。そんな人《ひと》がおおぜい出《で》てしまったら困《こま》るから、ここではわざとニセモノを売《う》ってるんです、ただの水《みず》ですから、もちろん効《き》き目《め》なんかありません。でも、そうすれば、真実《しんじつ》の泉《いずみ》に本当《ほんとう》にキセキの力《ちから》があるなんて、誰《だれ》も思《おも》わなくなるでしょ？　それをねらっているんですよね――なんて、神社《じんじゃ》の内部《ないぶ》の事情《じじょう》は絶対《ぜったい》に秘密《ひみつ》だから、口《くち》にだしたりしない。

でも、いま、目《め》の前《まえ》の彼《かれ》の表情《ひょうじょう》は、テキトーにごまかしてしまうには、あまりにも真剣《しんけん》
——というか、思《おも》い詰《つ》めているようにさえ見《み》えた。

とっさに、いつもの営業《えいぎょう》トークが出《で》てこなくておろおろしていると、

「……やっぱり、そんなもの、あるわけないか……」

彼《かれ》はぽつりとつぶやいた。

その声《こえ》はとても頼《たよ》りなげで、がっかりしたようでもあって……。

(何《なに》か深刻《しんこく》な事情《じじょう》があるのかな……)

神社《じんじゃ》って、何《なに》か神《かみ》さまにお願《ねが》いしたいことがあってお参《まい》りする人《ひと》が多《おお》いから、悩《なや》みや迷《まよ》いを抱《かか》えている人《ひと》はめずらしくない。

自分《じぶん》じゃどうにもならなくて、誰《だれ》かに助《たす》けてほしくて、それでこの泉水神社《いずみじんじゃ》にやってきてくれた人《ひと》なんだとしたら、何《なに》か力《ちから》になってあげたいけど……。

「あーあ」

彼《かれ》はふいに、空《そら》をあおぎ、ため息《いき》をついた。

「みれんがましいよなあ、おれも……」

そのつぶやきはひとり言《ごと》っぽくて、あたしに向《む》けた言葉《ことば》ではなかった。でも、気《き》になる。

みれんがましい……って、なんだろ。……たとえば、あきらめきれない恋《こい》の相手《あいて》でもいるとか……？

と、そこで、

「ホンモノのキセキの水《みず》かどうかは、飲《の》んでみればわかるぜ」

ふいに、あたしの後《うし》ろから声《こえ》がした。

あ、この声《こえ》は……。

「そういうのは自分《じぶん》で判断《はんだん》しねえとな。——ここの神《かみ》さまも、そう思《おも》ってるぜ」

言葉《ことば》と同時《どうじ》に、ぽーんと空《くう》を切《き》って、ペットボトルが飛《と》んできた。

パシっとそれを受《う》けとめたのは、あたしと話《はなし》をしていた彼《かれ》。

そのあと、彼《かれ》はいぶかるようにペットボトルを見《み》、それを投《な》げた相手《あいて》を見《み》た。

「おれはここの神主《かんぬし》の泉玖狼《いずみくろう》。悪《わり》ぃけど、うちの参拝時間《さんぱいじかん》、五時《ごじ》までなんだ。お参《まい》りがしたいなら、また明日《あした》、来《き》てくれねえかな。その水《みず》は持《も》って帰《かえ》っていいから」

そう言《い》いながら近《ちか》づいてきたのは、シャツにエプロン姿《すがた》の背《せ》の高《たか》い青年《せいねん》——だった。

2

あらわれたのは、自己紹介《じこしょうかい》の通《とお》り、ここの神主《かんぬし》をやっているあたしの同居人《どうきょにん》だった。

——といっても、半年前《はんとしまえ》までは、神主《かんぬし》はあたしのパパだったんだけどね。今《いま》は、パパが他《ほか》の仕事《しごと》でしばらく家《いえ》をあけているせいもあって（パパは神主《かんぬし》のほかに、お医者《いしゃ》さんの仕《し》事《ごと》もしているんだ）、神社《じんじゃ》のことは玖狼《くろう》が中心《ちゅうしん》になってとりしきってくれている。

「神主《かんぬし》さん……ですか」

彼《かれ》は、うたがわしそうにじろじろと玖狼《くろう》を見《み》ている。

うん、まあ、その気持《きも》ちはわかる。

神主《かんぬし》の格好《かっこう》をしているときは、玖狼《くろう》だってちゃんとした神主《かんぬし》に見《み》えるんだけど、今日《きょう》は、神主《かんぬし》の仕事《しごと》はもう終《お》わりーって、さっさと着《き》がえちゃって、境内《けいだい》の端《はし》っこにある家《いえ》に帰《かえ》って夕《ゆう》ご飯《はん》の支度《したく》、してたんだ。だから、普段着《ふだんぎ》のまま。

ちょっとチャラい感《かん》じのイケメン大学生《だいがくせい》に見《み》える。

神主《かんぬし》って感《かん》じじゃない。

「おう、まちがいなく、神主《かんぬし》だぜ。ついでに、ここにいるうちの姫巫女《ひめみこ》さまとは、千年《せんねん》の絆《きずな》でむすばれた婚約者《こんやくしゃ》」

「……は？　姫巫女《ひめみこ》さま……婚約者《こんやくしゃ》……って」

「ちょ、ちょっと何言《なにい》ってるの、そういうの今《いま》どうでもいいじゃない！」

あたしはあわてて、大声《おおごえ》で割《わ》って入《はい》った。

いきなりヘンなことききかされて、彼《かれ》もぽかんとしちゃってるし。

「そうか？　大事《だいじ》なことだろ。そもそもアカリがよその男《おとこ》と二人《ふたり》きりで話《はな》しこんでるから、あわてて飛《と》んで来《き》たんだよ。何《なに》してるんだよ、おれという婚約者《こんやくしゃ》がいながら……」

「ば、ばかなこと言《い》わないでよ、お参《まい》りにきてくれたひとを案内《あんない》しようとしただけでしょ。それに、あたしたち別《べつ》に、婚約《こんやく》してないから！」

あたしはつい、ムキになって大声《おおごえ》をあげてしまった。

「え――そんな、アカリ、おれを裏切《うらぎ》るのか。ひどい……」

玖狼《くろう》が、おおげさにヨロッと体《からだ》をぐらつかせ、ショックを受《う》けたような表情《ひょうじょう》をする。わ、わざとらしいっ。

とはいえ、さすがに怒鳴《どな》りすぎたかなって、あたしは一瞬《いっしゅん》、後悔《こうかい》したんだけど、続《つづ》く玖《く》狼《ろう》の言葉《ことば》を聞《き》いて、その後悔《こうかい》もふっとんだ。

「もう何年《なんねん》も、一緒《いっしょ》に寝《ね》てる仲《なか》なのに……」

「ちがーう！」

あたしはさらに大声《おおごえ》で否定《ひてい》した。

「……事実《じじつ》やないかい」

ポツリと小声《こごえ》で、腕《うで》のなかのハムちゃんがつぶやく。

そりゃね。そりゃ、そうだよ、事実《じじつ》だよ。

だけど、それは、今《いま》の、この、泉玖狼《いずみくろう》じゃない。半年前《はんとしまえ》のキセキが起《お》きる前《まえ》、このイケメンが、まだあたしの愛犬《あいけん》のクロだったときの話《はなし》なの！

愛犬《あいけん》のクロは、あたしが生《う》まれたときからずっと一緒《いっしょ》だった大事《だいじ》な家族《かぞく》で、毎晩《まいばん》、あたしのベッドで一緒《いっしょ》に寝《ね》ていた。

だけど、そのクロが半年前《はんとしまえ》、いきなり人間《にんげん》になっちゃって、しかも、「アカリはおれの婚約者《こんやくしゃ》！」なんて言《い》いだして、さらには、「おれ、実《じつ》はこの神社《じんじゃ》の神《かみ》さまでもあるんだ」なんて……事実《じじつ》だったとしても、とてもよその人《ひと》に言《い》えることじゃない。そもそも、絶対《ぜったい》、信《しん》じてもらえない！

「……あ、あの、おれ、帰《かえ》ります……」

あたしとクロがわあわあ騒《さわ》いでいるのを見《み》て、悩《なや》める高校生《こうこうせい》っぽい彼《かれ》は、完全《かんぜん》に引《ひ》いてしまっていた。じりじりっとあたしたちから距離《きょり》をとりつつ、引《ひ》きつった笑顔《えがお》を置《お》いて帰《かえ》ろうとしている。

あああせっかくマジメにお参《まい》りに来《き》てくれたひとに、なんて失礼《しつれい》な対応《たいおう》を……。

あたしがめちゃくちゃ反省《はんせい》した、そのときだった。

「アカリ、アカリ、アカリ――ねえちょっと聞《き》いて――――！」

参道《さんどう》の石段《いしだん》を、叫《さけ》びながら駆《か》けあがってくる人《ひと》がいた。

「あ、ミドリだ。どうしたんだろ」

岸本《きしもと》ミドリはあたしのクラスメートだ。そして、最近《さいきん》、泉水神社《いずみじんじゃ》の参道《さんどう》の入《い》り口前《ぐちまえ》に、お父《とう》さんと二人《ふたり》でクレープ屋《や》〈フリージア〉を開《ひら》いた。とってもおいしいクレープはすぐに評判《ひょうばん》になって、今《いま》では、行列《ぎょうれつ》のできる人気店《にんきてん》だ。

あたしとミドリ、それから、泉水神社《いずみじんじゃ》の隣《となり》に住《す》んでいる、あたしの幼《おさな》なじみの藤ヶ崎《ふじがさき》レイちゃんは、同《おな》い年《どし》のご近所《きんじょ》なかよし三人組《さんにんぐみ》なんだ。

「あ、アカリ、いた！　玖狼《くろう》さんも！　ね、大変《たいへん》なの。すごいニュースなんだ。よそのひとにはまだ内緒《ないしょ》なんだけど、明日《あした》、うちの店《みせ》でね……」

ミドリは、息《いき》せき切《き》って境内《けいだい》に駆《か》けこんでくると、そのままあたしたちに駆《か》けよってきた。

その間《あいだ》も口《くち》は止《と》まらず、すごく興奮《こうふん》した様子《ようす》であたしに何《なに》かを伝《つた》えようとして——そこで、その場《ば》に、あたしとクロ（とハムちゃん）のほかに、もうひとりいることに気《き》づいたみたい。あ、まずい——みたいな顔《かお》で口《くち》をおさえた。

だよね、内緒《ないしょ》だって、今言《いまい》ったもんね。よそのひとがいちゃ困《こま》るよね——って、あたしが思《おも》った瞬間《しゅんかん》、ミドリはそのもうひとりの姿《すがた》を見《み》て目《め》をまん丸《まる》に見開《みひら》くと、うわずった声《こえ》で叫《さけ》びながら指《ゆび》を指《さ》した。

「く、く、く、くらいふみやー！　もう来《き》てたんだ！」

「くらいふみや……？」

名前《なまえ》、だよね、それ。どこかで聞《き》いたことがあるような……すぐに出《で》てこないけど……。

「アカリ、知《し》らないの？　うそ、知《し》らないはずないよね？　超有名人《ちょうゆうめいじん》だよ、サッカー日本《にほん》代表《だいひょう》のエースだよ！　現役高校生《げんえきこうこうせい》なのに最年少《さいねんしょう》でA代表《エーだいひょう》に選《えら》ばれた、超天才少年《ちょうてんさいしょうねん》！　しかも、イケメンで、副業《ふくぎょう》でモデルもやってる！　ええええ生《なま》で見《み》たらさらにかっこいい！」

ミドリは一息《ひといき》に、それだけまくしたてた。

「……そういえば、そんなひといたような……」

「いたような、じゃないよ！　スーパー有名人《ゆうめいじん》だよ！　しかも、その史也《ふみや》くんが、明日《あした》、モデルとしてうちの店《みせ》でCM《シーエム》の撮影《さつえい》をしたいって連絡《れんらく》があって、びっくりしてうれしくって、まずアカリに知《し》らせようと思《おも》ったんだけど、まさか、もう来《き》てたなんて……！」

……なるほど、そういうわけで、ミドリはこんなに興奮《こうふん》してるんだ。

うん、でも、わかる。そんな有名人《ゆうめいじん》がミドリの店《みせ》に来《く》るなんて、すごい。しかも、その有名人《ゆうめいじん》がすでにあたしの目《め》の前《まえ》にいるなんて……。

だけど、その彼《かれ》――倉居史也《くらいふみや》は、すうっと無表情《むひょうじょう》になったかと思《おも》うと、

「CM《シーエム》撮影《さつえい》は明日《あした》なので、今日《きょう》は失礼《しつれい》します。お騒《さわ》がせしました。では――」

あたしたちに軽《かる》く頭《あたま》を下《さ》げてそれだけ言《い》うと、さっさときびすを返《かえ》してしまった。

「え、あの……」

ミドリが焦《あせ》っているのも見向《みむ》きもせずに、倉居史也《くらいふみや》は石段《いしだん》のほうへとかけていく。その

まま、さすがサッカー選手《せんしゅ》だなあっていうスピードで、あっというまに見《み》えなくなってしまった。

「ど、どうしよ……印象悪《いんしょうわる》くしちゃったかな、うちの店《みせ》の……」

ミドリはおろおろしている。……まあ、たしかに、今《いま》のはちょっと、はしゃぎすぎだったかもしれない。

……でも、有名人《ゆうめいじん》が自分《じぶん》の店《みせ》に来《く》るって知《し》ったら、あのくらいはしかたない気《き》もするし、倉居史也《くらいふみや》のほうも、日本中《にほんじゅう》にファンがいるひとなんだから、慣《な》れてるんじゃないのかな。

それに、

「今《いま》の……ミドリのせいだけじゃないと思《おも》うよ。あたしとクロも、だいぶ、ドン引《び》きされるようなことしてたし……それに、なんとなく、史也《ふみや》くん、もとから元気《げんき》なさそうな感《かん》じだった」

あたしがそう言《い》うと、ミドリは、うーんと考《かんが》え込《こ》むような顔《かお》をした。

「そうだよね。史也《ふみや》くんて、二《に》ヶ月前《かげつまえ》に足《あし》をケガして、それでもうサッカー選手《せんしゅ》はやめるって話《はなし》だもんね。モデル専業《せんぎょう》になるって。悩《なや》みも多《おお》いのかも」

「え、そうなの？　――そっか、それで……」

悩《なや》んでいるように見《み》えたのも、それが理由《りゆう》なのかな――って思《おも》うと、納得《なっとく》できる気《き》がした。

（みれんがましい……って言葉《ことば》も、サッカーのことだったのかも……）

日本代表《にほんだいひょう》になるくらいの人《ひと》なら、小《ちい》さいころからずっとサッカーをやっていたんだろうし、いきなりやめろって言《い》われても、そりゃ、あきらめきれないよね……。

「史也《ふみや》くんなら、モデルだけでも一流《いちりゅう》になれると思《おも》うけどな」

ミドリはつぶやいた。

うん――と、あたしもうなずいた。

「……イケメンだしね」

「どこがだよ。おれのほうが百万倍《ひゃくまんばい》はイケメンだろ！　浮気《うわき》すんなよ、アカリ」

「クロ、今《いま》そういう話《はなし》じゃないから……」

「わー、玖狼《くろう》さんたら、あいかわらず、アカリ一筋《ひとすじ》なんだ〜」

へこんでたはずのミドリが、すかさず茶化《ちゃか》してくる。

実《じつ》は、ミドリは、神主《かんぬし》の玖狼《くろう》がかつて犬《いぬ》のクロだったこと、知《し》らないんだよね（ハムちゃんのことは知《し》ってる）。

そもそも、近所《きんじょ》に引《ひ》っ越《こ》してきたのも最近《さいきん》だから、玖狼《くろう》が犬《いぬ》だったころの姿《すがた》を見《み》ていない。そこが、生《う》まれたときからつきあいがあるレイちゃんとは違《ちが》うところ。

——なんて考《かんが》えていると、

「おーい、みんなそろって、何《なに》してんのー」

まさにそのレイちゃんの声《こえ》が、石段《いしだん》のほうから聞《き》こえてきた。

さっき史也《ふみや》くんが駆《か》けおりていった階段《かいだん》をのぼって、みなれたツインテール美少女《びしょうじょ》があらわれた。

「レイちゃん！　——あれ、でも、どうしたの、今日《きょう》は夜《よる》まで合気道《あいきどう》のお稽古《けいこ》じゃなかったっけ」

レイちゃんの家《いえ》、藤ヶ崎家《ふじがさきけ》は、超《ちょう》のつくお金持《かねも》ちで、お父《とう》さんもお母《かあ》さんも会社《かいしゃ》をいくつも経営《けいえい》している。レイちゃんもスーパーおじょうさま教育《きょういく》を受《う》けていて、放課後《ほうかご》には、英語《えいご》のほかにフランス語《ご》、スペイン語《ご》、中国語《ちゅうごくご》、お琴《こと》にバイオリン、さらには護身《ごしん》のための合気道《あいきどう》まで習《なら》っている。

レイちゃんは、手《て》を振《ふ》りながら駆《か》けよってきた。

「今日《きょう》は、師匠《ししょう》の都合《つごう》で早《はや》めに終《お》わったの。だから、久《ひさ》しぶりに〈フリージア〉のクレープをアカリに差《さ》し入《い》れようと思《おも》って店《みせ》に行《い》ったら、ミドリは神社《じんじゃ》に行《い》ったっておじさんが言《い》うからさ。……なんか、すごいニュースがあるんだっておじさん言《い》ってたけど、何《なに》？」

「そうなの！　すごいニュースなの！　すごいんだけどさ……」

ミドリはさっきとはちょっと違《ちが》うテンションで、倉居史也《くらいふみや》に関《かん》することをレイちゃんにも説明《せつめい》した。

「へえ、じゃ、さっき石段《いしだん》の下《した》ですれ違《ちが》ったの、そんな有名《ゆうめい》なひとだったんだ。なんか、ものすごい勢《いきお》いで走《はし》っていったけど。あたし、サッカー見《み》ないからなあ。その倉居《くらい》さんて、ワールドカップとかでも活躍《かつやく》してるの……？」

「ワールドカップはまだ出《で》てないよ。前《まえ》のワールドカップのときはまだ中学生《ちゅうがくせい》だったし。でも、次《つぎ》の大会《たいかい》は確実《かくじつ》だって言《い》われてたんだ。史也《ふみや》くんのシュートは世界《せかい》レベルでも注目《ちゅうもく》されていて、ヨーロッパの強豪《きょうごう》チームから誘《さそ》われてたし」

「ふうん、それってすごいの？」

レイちゃんは、ホントにサッカー、あんまり興味《きょうみ》ないみたい。

「すごいんだよ！」

ミドリはむきになって力説《りきせつ》した。

「ほら、去年《きょねん》のアジアカップの決勝戦《けっしょうせん》、覚《おぼ》えてない？ 相手《あいて》のディフェンダーに囲《かこ》まれながら決《き》めた、逆転《ぎゃくてん》シュート！ かっこよかった！」

「いや、だから、サッカー見《み》ないし――」

「あーあれはあたしも見《み》てたよ！ かっこよかった！ すごかった！ そっか、あれが史《ふみ》也《や》くんだったんだ、思《おも》い出《だ》した！」

あたしのほうが、そのときのことを思《おも》い出《だ》して、思《おも》わず興奮《こうふん》しちゃった。

あのときは、まだ犬《いぬ》だったクロと一緒《いっしょ》に、夜中《よなか》の試合《しあい》を必死《ひっし》で見《み》てたんだ。シュートが決《き》まったときは、クロと抱《だ》き合《あ》ってよろこんだ。かっこいい、かっこいいって。

クロも覚《おぼ》えてるはず……なんだけど。

「……ああ、あんときのヤツか。ふうん……」

なんだか面白《おもしろ》くなさそうに、クロはそっぽを向《む》く。

「クロ、ヤキモチ焼《や》きの男《おとこ》はもてへんで」

あたしの腕《うで》のなかで、ハムちゃんがぽつりとつぶやいたけど、クロはフンと無視《むし》しただけ。

……別《べつ》にさ。あたしが史也《ふみや》くんをカッコいいと思《おも》うのって、スポーツ選手《せんしゅ》としてであって、男《おとこ》の子《こ》として好《す》きだなんて思《おも》ってないしさ。そんな……気《き》にすることじゃないのに。

――ってあたしは思《おも》ったけど、それをわざわざ口《くち》に出《だ》すのもヘンな気《き》がして、何《なに》も言《い》わなかった。

だって、別《べつ》にあたしとクロ、婚約者《こんやくしゃ》でもなんでもないし、そもそも、つきあってるわけですらない。

ただ、あたしは伝説《でんせつ》の姫巫女《ひめみこ》の生《う》まれ変《か》わり（たぶん）。

クロは、その姫巫女《ひめみこ》に最期《さいご》までよりそったオオカミで、姫巫女《ひめみこ》との間《あいだ》には、来世《らいせ》ではともに人間《にんげん》として出会《であ》い、結《むす》ばれよう——って約束《やくそく》があった、らしい。

だけど、さ。

生《う》まれ変《か》わりって、そもそも、何《なに》？

あたしには、伝説《でんせつ》の姫巫女《ひめみこ》の記憶《きおく》はいっさいない。クロは、千年前《せんねんまえ》からずっと生《い》き続《つづ》けているから、姫巫女《ひめみこ》のことも覚《おぼ》えている。

クロが好《す》きだと思《おも》っている相手《あいて》って……あたし？　それとも、千年前《せんねんまえ》の姫巫女《ひめみこ》？

そういうこと、いちいち気《き》にするのって、ヘンなのかな。

今《いま》のあたしとクロが仲良《なかよ》くしていたら、それでいい……の？

あたし、実《じつ》はそこんとこ、今《いま》、ちょっと、ひっかかっているんだ……。

3

翌日《よくじつ》は日曜日《にちようび》で、学校《がっこう》はお休《やす》みだった。

ふだんなら、あたしは神社《じんじゃ》のお手伝《てつだ》い、ミドリはクレープ屋《や》さんのお手伝《てつだ》いで、それぞれいそがしかったりするんだけど、今日《きょう》はいつもとは違《ちが》う。

だって、〈フリージア〉は、倉居史也《くらいふみや》のCM《シーエム》撮影《さつえい》のため、終日《しゅうじつ》、貸《か》し切《き》り。どこから情報《じょうほう》を知《し》ったのか、おおぜいのファンが駆《か》けつけていたけど、店《みせ》の敷地《しきち》には関係者以外《かんけいしゃいがい》、立《た》ち入《い》り禁止《きんし》。

だけど、ミドリが言《い》ってくれたんだ。

「やっぱり見《み》たいでしょ、撮影《さつえい》。店《みせ》のスタッフってことで、こっそり入《はい》っちゃっていいよ」

「やった！」

あたしは大喜《おおよろこ》びでミドリの提案《ていあん》にのっかることにした。

当然《とうぜん》、レイちゃんも誘《さそ》った。レイちゃんは倉居史也《くらいふみや》に興味《きょうみ》なさそうだったから、断《ことわ》られるんじゃないかなと思《おも》ったけれど、意外《いがい》にも、「おもしろそうだね」って、一緒《いっしょ》に来《き》てくれた。

そこまではよかったんだけど、なぜかクロが「おれも行《い》く。アカリのボディーガードだ」なんて言《い》いだした。

神社《じんじゃ》の向《む》かいの友達《ともだち》の家《いえ》に行《い》くのにボディーガードなんかいらないし、神社《じんじゃ》はどうするのよって気《き》にはなったんだけど、クロは「RIO《アールアイオー》の一番隊長《いちばんたいちょう》に頼《たの》んできた」なんて手回《てまわ》しのいいことを言《い》っている。

RIO《アールアイオー》っていうのは、藤ヶ崎家《ふじがさきけ》からやってくる、精鋭《せいえい》のお手伝《てつだ》いさんたちのことで、以前《いぜん》にあたしとクロが、レイちゃん誘拐事件《ゆうかいじけん》の犯人《はんにん》をあばいたことから、「レイおじょうさまを助《たす》けてくれた泉水神社《いずみじんじゃ》をお手伝《てつだ》いし隊《たい》」っていう名前《なまえ》の部隊《ぶたい》を結成《けっせい》していて、神社《じんじゃ》が混《こ》みそうなときや、あたしやクロがいそがしいときには、かわりに神社《じんじゃ》をとりしきってくれるのだ。

「まあ、ミドリがいいなら、いいけど……」

あたしも、本音《ほんね》では、クロやハムちゃんが一緒《いっしょ》だともっと楽《たの》しいな——なんて思《おも》ってたし（ミドリはもちろん、OK《オーケー》してくれたし）、結局《けっきょく》、あたしたちは大勢《おおぜい》で、撮影《さつえい》の見学《けんがく》に出向《でむ》くことになった。

〈フリージア〉で撮影《さつえい》されるのは、史也《ふみや》くんがイメージモデルに起用《きよう》された、カジュアルアクセサリーブランドのCM《シーエム》ポスターだった。なんでも、前《まえ》にそのブランドのCM《シーエム》担当《たんとう》の部長《ぶちょう》さんがプライベートで〈フリージア〉に来《き》て、すっかり気《き》に入《い》ったから、撮影場所《さつえいばしょ》に選《えら》ばれたんだそう。

ミドリはおじさんと一緒《いっしょ》に店《みせ》のカウンターのなかにいて、撮影《さつえい》に必要《ひつよう》なクレープを焼《や》いたり、フルーツを切《き》ったりしている。

あたしとレイちゃん、クロは、邪魔《じゃま》にならないように店《みせ》のすみっこで、見学《けんがく》させてもらうことになった。

「お客《きゃく》さんの年齢層《ねんれいそう》も、ちょうどうちのブランドにぴったりなの。絶対《ぜったい》ここで撮《と》りたかったのよ！」

藤ヶ崎家《ふじがさきけ》にもいそうな、仕事《しごと》のできるお姉《ねえ》さんって感《かん》じのスーツの女《おんな》の人《ひと》が、あたしたちにまで丁寧《ていねい》にそう説明《せつめい》してくれて、ブランドのロゴが入《はい》ったヘアクリップもくれた。学《がっ》校《こう》でも宣伝《せんでん》してね、なんて言《い》いながら。

「史也《ふみや》はこの仕事《しごと》で、サッカーをやめてモデル専業《せんぎょう》になるって宣言《せんげん》するようなものだからね。新《あたら》しい道《みち》の第一歩《だいいっぽ》として、かっこよくとるわよ！　――ね、いい顔見《かおみ》せてよ、史也《ふみや》！」

史也《ふみや》くんは窓辺《まどべ》の席《せき》について、もうテスト撮影《さつえい》を始《はじ》めていたんだけど、お姉《ねえ》さんの言葉《ことば》には、にっこり笑《わら》って親《おや》ゆびをたててみせた。

撮影《さつえい》スタッフは、全部《ぜんぶ》で七人《しちにん》。カメラマンのほかに、レフ板《ばん》っていう光《ひかり》を反射《はんしゃ》させる板《いた》を持《も》つ人《ひと》や、食《た》べ物《もの》や飲《の》み物《もの》がキレイにうつるように手《て》を加《くわ》える人《ひと》（果物《くだもの》の色《いろ》がきれいに見《み》えるように霧吹《きりふ》きで水滴《すいてき》をつけたり、いつものクレープとは焦《こ》げ目《め》の色《いろ》を変《か》えたりしていた）、それから、撮影《さつえい》がとぎれるたびに史也《ふみや》くんにかけよって、すかさず髪《かみ》の毛《け》の動《うご》きをととのえたりするヘアメイク担当《たんとう》の人《ひと》……。

「すごいね」

あたしはただただ感心《かんしん》して見《み》ていた。

これだけのひとが現場《げんば》にきていて、そのほかにもきっと大勢《おおぜい》のひとが関《かか》わっていて……

倉居史也《くらいふみや》、本当《ほんとう》にすごいモデルなんだ。サッカー選手《せんしゅ》としてもすごかったけど、これなら、モデル専業《せんぎょう》に切《き》り替《か》えても、人気《にんき》は変《か》わらないいんだろうな。

「うん。さすが、プロだね」

レイちゃんも、昨日《きのう》とはうってかわって、史也《ふみや》くんをじっと見《み》ている。

史也《ふみや》くんは、さわやかな笑顔《えがお》でクレープを食《た》べたり、スタッフさんとニコニコと笑《わら》いあったりしていた。そこにいるだけで、空間《くうかん》がかがやいて見《み》えるって感《かん》じで、昨日《きのう》、神社《じんじゃ》であったときの数倍《すうばい》、芸能人《げいのうじん》オーラが出《で》ている。

……だけど、カメラがとまっているときや、メイク直《なお》しをしているときなんかに、ふと表情《ひょうじょう》がくもる瞬間《しゅんかん》があるように、あたしには思《おも》えた。昨日《きのう》、夕暮《ゆうぐ》れの神社《じんじゃ》で会《あ》ったときみたいに。みれんがましいよな——って、さみしそうに言《い》ったときみたいに。

(そういえば……)

あのときの史也《ふみや》くんは、真実《しんじつ》の水《みず》のことを気《き》にしていた。あれは、なんでだったんだろう。何《なに》か、真実《しんじつ》を知《し》りたいことがあったのかな。

クロが史也《ふみや》くんにわたしたペットボトルには、もちろん、ホンモノの真実《しんじつ》の泉《いずみ》の水《みず》は入《はい》っていなくて、真泉山《まいずみやま》の他《ほか》の泉《いずみ》の水《みず》——つまり、いつも境内《けいだい》で参詣者《さんけいしゃ》にふるまっているものだったそうだから、誰《だれ》が飲《の》んでも効果《こうか》はないやつだったんだけど。

「いいねえ、史也《ふみや》、すごくいい表情《ひょうじょう》してるよ！」

そこで、遅《おく》れて現場《げんば》に入《はい》ってきた男《おとこ》の人《ひと》が、パチパチと大《おお》きな拍手《はくしゅ》をしながら言《い》った。

「あら、野木原《のぎはら》マネージャー。今回《こんかい》はお世話《せわ》になります」

さっきのお姉《ねえ》さんが丁寧《ていねい》に挨拶《あいさつ》をした。

「いやいや、こちらこそ、遅《おそ》くなって申《もう》し訳《わけ》ありません、史也《ふみや》の次《つぎ》の仕事《しごと》のための打《う》ち合《あ》わせが長引《ながび》いてしまいまして。うちの史也《ふみや》もこれでなかなかの売《う》れっ子《こ》でして、ははは」

野木原《のぎはら》さんて人《ひと》は、史也《ふみや》くんのマネージャーらしかった。

まわりのスタッフにも一通《ひととお》り挨拶《あいさつ》をしたあと、

「マネージャーとして、史也《ふみや》には今後《こんご》はよりいっそう、仕事《しごと》に集中《しゅうちゅう》させていくつもりですよ。なにせ、サッカーのスケジュールに邪魔《じゃま》されることがなくなるわけですから。――なあ、史也《ふみや》」

満面《まんめん》の笑《え》みを浮《う》かべ、史也《ふみや》くんを見《み》てそう言《い》った。

「――はい」

史也《ふみや》くんも、にっこりとさわやかな笑顔《えがお》でうなずく。

「そもそも、わたしは最初《さいしょ》から、サッカーと両立《りょうりつ》なんかムダだと思《おも》っていましたからね。史也《ふみや》のファンは、史也《ふみや》がモデルとしてキレイなかっこうをして笑《わら》っているのが見《み》たいんですよ、汗《あせ》だくで走《はし》っている姿《すがた》よりね。だろ、史也《ふみや》？」

「……」

その言葉《ことば》には、さすがに史也《ふみや》くんはこたえなかった。

あたしも、それはちょっと違《ちが》うんじゃないかな――って気《き》がした。

だって、目《め》の前《まえ》のさわやかスマイルは確《たし》かにステキだ。

だけど、あのアジア大会《たいかい》の決勝《けっしょう》でシュートを決《き》めて、大観衆《だいかんしゅう》に向《む》けて大声《おおごえ》で叫《さけ》んでいた史也《ふみや》くんだって、とってもかがやいていた。チームメイトにもみくちゃにされて髪《かみ》はぐちゃぐちゃ、ユニフォームは汗《あせ》だくで、それでもキラキラにかがやいて見《み》えた。

「走《はし》れなくなってよかったんだよ、史也《ふみや》は。サッカーよりもモデルのほうがずっといい、史也《ふみや》には合《あ》っていると思《おも》っていたからね、わたしは。足《あし》のケガに感謝《かんしゃ》だよ」

野《の》木《ぎ》原《はら》さんはさらにそんなことまで言《い》う。

史也《ふみや》くんはさりげなく窓《まど》の外《そと》を見《み》て、野《の》木《ぎ》原《はら》さんから顔《かお》をそむけた。

その表情《ひょうじょう》が、ごまかしきれないつらさでゆがんでいるのが、あたしには見《み》えた。

だから、とうとうだまっていられなくて、あたしは言《い》おうとしたんだ。サッカーやってる姿《すがた》だって、とってもステキでしたよ――って。

だけど、あたしより先《さき》に、口《くち》を開《ひら》いた人《ひと》がいた。

「もう走《はし》れないの？　昨日《きのう》、すごい勢《いきお》いで階段《かいだん》を駆《か》けおりていったよね。ちゃんと走《はし》ってたじゃない」

レイちゃんだった。

その言葉《ことば》にハッとしたように、史也《ふみや》くんはレイちゃんを見《み》る。

あたしも、ちょっとびっくりした。レイちゃんて、こういうところでいきなり話《はなし》に入《はい》ってくるタイプじゃないし、何《なに》より、史也《ふみや》くんに、そんなに興味《きょうみ》ないと思《おも》ってたのに……。

「君《きみ》は……そういえば昨日《きのう》、あの石段《いしだん》ですれ違《ちが》った……」

史也《ふみや》くんもレイちゃんを思《おも》い出《だ》したみたいだった。そして、さらに続《つづ》けて何《なに》かレイちゃんに言《い》おうとしたように見《み》えたけど、野木原《のぎはら》さんがさえぎった。

「おいおい、誰《だれ》だ、このわかってないおじょうちゃんは。プロの世界《せかい》はきびしいんだよ、素人《しろうと》が口《くち》を出《だ》すんじゃないよ」

おおげさに肩《かた》をすくめ、やれやれと首《くび》をふりながら、レイちゃんに近《ちか》づいてくる。

「史也《ふみや》のファンなのか？　撮影《さつえい》の邪魔《じゃま》をするなら出《で》て行《い》きなさい。ほら、そこをどいて！」

そう言《い》いながら、野木原《のぎはら》さんは、レイちゃんがすわっていたイスの脚《あし》を乱暴《らんぼう》に蹴《け》っ飛《と》ば

した。イスがぐらりとゆれ、倒《たお》れる――とあたしが息《いき》をのみ、

「野木原《のぎはら》さん！」

史也《ふみや》くんも声《こえ》をあげて、立《た》ち上《あ》がりかけた。

「おい、あぶねえだろ」

そう言《い》って、すかさずイスをささえたのは、あたしたちのそばにいたクロだった。

「何《なに》すんだ、おっさん」

ぎろりとクロのするどい眼《め》ににらみつけられて、野木原《のぎはら》さんはウッ、とひるむ。それでもなお、

「じゃまなものはじゃまだと……」

と言《い》いかけたところで、

「……野木原《のぎはら》さん、ちょっと」

さっきのお姉《ねえ》さんが、あわてて野木原《のぎはら》さんの腕《うで》をつかみ、あたしたちから引《ひ》き離《はな》した。

そのまま、店《みせ》の入《い》り口《ぐち》のほうに野木原《のぎはら》さんを連《つ》れて行《い》き、小声《こごえ》でささやく。

「だめよ、野木原《のぎはら》さん。あの子《こ》、あの藤ヶ崎財閥《ふじがさきざいばつ》のおじょうさんなんだそうよ。うちの部《ぶ》下《か》が以前《いぜん》、たまたまパーティーで見《み》かけたことがあるって言《い》ってたわ。……だから、見学《けんがく》も許可《きょか》したのよ」

「そ、そうなのか……」

野木原《のぎはら》さんの顔《かお》が引《ひ》きつった。

レイちゃんはというと、こそこそ話《ばなし》もすべて聞《き》こえていたはずだけど、そちらには反応《はんのう》はせず、クロに向《む》きなおって、

「ありがと、クロ。いつも頼《たよ》りになるなあ」

なんて、笑《わら》っている。

「レイちゃん、大丈夫《だいじょうぶ》か」

あたしの腕《うで》に抱《かか》えられてぬいぐるみのふりをしているハムちゃんが、レイちゃんを心配《しんぱい》して小声《こごえ》でつぶやいたのもちゃんと聞《き》いていて、

「平気《へいき》だよ、ハムはやさしいいい子《こ》だね」

よしよしって頭《あたま》をなでてくれた。

野木原《のぎはら》さんは、あわててわざとらしい営業《えいぎょう》スマイルを顔《かお》にはりつけて、もう一度近《いちどちか》づいてきた。

「藤ヶ崎様《ふじがさきさま》とは知《し》らず、ご無礼《ぶれい》いたしました。史也《ふみや》のファンでいらしたんですねえ、おじょうさま。どうです、一緒《いっしょ》にお写真《しゃしん》など、サービスいたしますよ。……それから、できれば、お父様《とうさま》の関連企業《かんれんきぎょう》のCM《シーエム》にもぜひうちの史也《ふみや》を……」

「けっこうです。わたし、別《べつ》に倉居史也《くらいふみや》さんのファンじゃありません。友人《ゆうじん》の店《みせ》がどんなふうに撮影《さつえい》に使《つか》われるのか、見学《けんがく》させていただいているだけです。それに、父《ちち》の仕事《しごと》のことは、わたしにはいっさい、関《かか》わりありません」

レイちゃんは、あたしたちに対《たい》するのとはうってかわって冷《ひ》ややかな口調《くちょう》で言《い》いながら、イスから立《た》ちあがった。

「今日《きょう》はこれで失礼《しつれい》させていただきます。おじゃまいたしました」

丁寧《ていねい》にお辞儀《じぎ》をしたあと、ミドリとミドリのおじさんには、また来《き》ますね、と挨拶《あいさつ》をし、あたしたちにも軽《かる》く手《て》を振《ふ》って、そのまま店《みせ》の奥《おく》の裏口《うらぐち》に向《む》かって歩《ある》きだす。

「あ、そんな――ちょっと待《ま》って……史也《ふみや》、お前《まえ》からもご挨拶《あいさつ》しなさい、さ、早《はや》く……」

野木原《のぎはら》さんはおろおろとそんなことを言《い》いながら、しつこくレイちゃんのあとを追《お》いかけようとした。――けど、なぜか、いきなり足《あし》をもつれさせ、

「わっ……」

と、その場《ば》でころんでしまう。

「な、なんだ、いま、何《なに》かが足《あし》にひっかかったような……」

キョロキョロしているけれど、何《なに》もけつまずきそうなものはない。

だけど、あたしにはわかっていた。

ハムちゃんが、すばやくぴょんと床《ゆか》にとびおりて、野木原《のぎはら》さんの足《あし》をぐいっとつかんだのだ。それから、またすぐに、あたしの腕《うで》の中《なか》に戻《もど》ってきた。

「……こら、ハムちゃん」

いたずらしちゃダメでしょ、って、あたしは小声《こごえ》でたしなめたけど、内心《ないしん》は、よくやっ

た、って思《おも》ってた。

だって、さっきから、この野木原《のぎはら》さん、感《かん》じの悪《わる》いことしか言《い》わないんだもん。

それに、ハムちゃんは、あたしと同《おな》じで、レイちゃんとは大《だい》の仲良《なかよ》しだからね。レイちゃんにひどいことをした相手《あいて》にはきびしくなっちゃう気持《きも》ちはわかる。

レイちゃんは、その間《あいだ》に、店《みせ》の裏口《うらぐち》につながるドアの向《む》こうに消《き》えてしまった。表《おもて》の入《い》り口《ぐち》には史也《ふみや》くんのファンがおおぜいつめかけているから、あたしたちは、スタッフのふりをして裏口《うらぐち》から出入《でい》りさせてもらってたんだ。

「――あ、待《ま》って、藤ケ崎《ふじがさき》さん……」

バタンとドアがしまったあとで、その場《ば》に声《こえ》がひびいた。史也《ふみや》くんだ。でも、たぶん、レイちゃんには聞《き》こえなかったはず。

……まあ、聞《き》こえても、レイちゃんはたぶん、足《あし》は止《と》めなかったと思《おも》う。

レイちゃん、きらいなんだよね。ご両親《りょうしん》の仕事《しごと》のためにレイちゃんをちやほやしようとするひとのこと。

超大金持《ちょうおおがねも》ちの家《いえ》に生《う》まれたことを、レイちゃんはちゃんと受《う》けとめて、藤《ふじ》ヶ崎家《がさきけ》の娘《むすめ》としてふさわしいように、いつも気《き》をつけてふるまっている。だけど、なんでもかんでも「あの子《こ》は藤《ふじ》ヶ崎家《がさきけ》の娘《むすめ》」って結《むす》びつけて話題《わだい》にされるのが、好《す》きなわけじゃないんだ。

子供《こども》のとき――ううん、お互《たが》いがお母《かあ》さんのおなかのなかにいたときからの、家族《かぞく》ぐるみのつきあいだからこそ、あたしは知《し》ってる。

どんな有名人《ゆうめいじん》が相手《あいて》でも、レイちゃんは、そういう理由《りゆう》でご機嫌《きげん》を取《と》ろうとするひととは、距離《きょり》を置《お》くと思《おも》う。

史也《ふみや》くんは、しつこくレイちゃんが消《き》えたドアに向《む》かおうとしたけど、

「――史也《ふみや》くん、次《つぎ》のカット、行《い》くよ」

カメラマンの声《こえ》にハッとしたように足《あし》を止《と》め、

「わかりました」

仕事用《しごとよう》のスマイルに戻《もど》り――そして、また、撮影《さつえい》が始《はじ》まった。

撮影《さつえい》は昼《ひる》を過《す》ぎても続《つづ》いていたけれど、あたしたちは昼《ひる》ご飯《はん》の休憩《きゅうけい》を区切《くぎ》りに、〈フリージア〉をあとにした。

レイちゃんが帰《かえ》ってしまったあとも、野木原《のぎはら》さんがやたらとあたしたちにまとわりついて、レイちゃんの連絡先《れんらくさき》を知《し》ろうとしたり、レイちゃんに渡《わた》して――って、史也《ふみや》くんグッズを渡《わた》してきたりするものだから、なんだかいやになっちゃったんだ。

「レイちゃん、本当《ほんとう》に史也《ふみや》くんのファンてわけじゃないんです。だから、おことわりします」

「まああそう言《い》わず。君《きみ》も史也《ふみや》のファンなんだろ。君《きみ》にもあげるからさ、最新《さいしん》グッズ。限定品《げんていひん》もあるよ。――史也《ふみや》、お前《まえ》からも、アピールしないと。相手《あいて》はあの藤ケ崎家《ふじがさきけ》だぞ。ここで人脈《じんみゃく》を作《つく》っておくんだよ、ほら」

野木原《のぎはら》さんに言《い》われ、史也《ふみや》くんも、

「あの、これよかったら……」

なんていいながら、手元《てもと》にあったコースターに、おどろいたことに自分《じぶん》の連絡先《れんらくさき》を書《か》いて、あたしに手渡《てわた》そうとする。

そこまでしてレイちゃんとつながりたいのかな、藤ヶ崎《ふじがさき》レイだってわかる前《まえ》は見向《みむ》きもしなかったのに。

そう思《おも》うと、本当《ほんとう》にあたしはげんなりした。

「本当《ほんとう》に、いりませんてば」

そう言《い》って、なんとか野木原《のぎはら》さんをふりきって、あたしとクロは店《みせ》を出《で》た。

「……楽《たの》しみにしてたのにな、今日《きょう》の見学《けんがく》」

神社《じんじゃ》へと帰《かえ》る石段《いしだん》をのぼりながら、あたしはぽつりとつぶやいた。

なんだか、ヘンな空気《くうき》になっちゃって、ミドリやおじさんにも申《もう》し訳《わけ》なかった。

史也《ふみや》くんにも悪《わる》いことをした。

あたしもレイちゃんも、確《たし》かに史也《ふみや》くんのファンではないけれど、目《め》の前《まえ》の史也《ふみや》くんのことはかっこいいなと思《おも》っていたのに、野木原《のぎはら》さんのせいで、ファンじゃない、ファンじゃない、って、本人《ほんにん》の前《まえ》でくり返《かえ》すことになっちゃって、なんだかすごく、失礼《しつれい》な感《かん》じになっちゃった。

「芸能人《げいのうじん》なんて、あんなもんだろ。アカリもこれでもう、よそのオトコのファンになったりするの、やめろよ。このおれ、千年前《せんねんまえ》からの婚約者《こんやくしゃ》がいるんだから」

クロが、自分《じぶん》の顔《かお》にぐいと親指《おやゆび》を向《む》けながら、言《い》う。

「そういうんじゃないよ。別《べつ》にあたし、本気《ほんき》で、史也《ふみや》くんのファンじゃないから。ただ、ちょっと……気《き》になってるんだ」

昨日《きのう》の第一印象《だいいちいんしょう》のせいだと思《おも》うんだ。あの夕暮《ゆうぐ》れのなかで、なんだかさびしそうに立《た》っていた姿《すがた》を見《み》ちゃったから。そして、なぜだか、真実《しんじつ》の水《みず》のことを真剣《しんけん》な顔《かお》できいてきたから。だから、気《き》になってて……。

でも、クロはあたしのその答《こた》えがあんまり気《き》に入《い》らなかったみたい。

「気《き》になったって……なんだよ、それ。おれ以外《いがい》のオトコのこと、気《き》になるわけ？」

「だから、そういうんじゃないんだって」

「じゃ、どういうの？」

クロはやけに、しつこかった。

「いいでしょ、どういうのでも」

あたしも、なんだかつかれちゃってたのもあって、つい、ふきげんに答《こた》えてしまった。

だって、クロと史也《ふみや》くん、あたしにとっては心《こころ》のむき方《かた》がぜんぜん違《ちが》う。

クロは生《う》まれたときからずっと一緒《いっしょ》にいた大事《だいじ》な家族《かぞく》。そして今《いま》は……説明《せつめい》するのはむずかしいけど、とっても特別《とくべつ》な存在《そんざい》。他《ほか》の誰《だれ》かとなんか、くらべられない。

そんなこと、クロだって、わかってくれてると思《おも》ってるのに。

クロは、それでもまだ引《ひ》かない。

「……浮気《うわき》はダメだぞ。おれはアカリ一筋《ひとすじ》なのに」

浮気《うわき》——って、何《なに》よ。そんなんじゃ、ぜんぜんないよ。そんな言《い》い方《かた》しないでほしい。

それにさ。——一筋《ひとすじ》って言《い》ってるクロのほうこそさ……。

「一筋《ひとすじ》じゃないじゃない。クロが好《す》きなのは、千年前《せんねんまえ》の姫巫女《ひめみこ》でしょ。あたしじゃないじゃない」

つい、おさえられずにそう言《い》ってしまってから、あたしはしまった——って思《おも》った。

だってなんだか……口《くち》にしてしまった瞬間《しゅんかん》、ぎゅっと胸《むね》がいたくなったんだ。今言《いまい》った言葉《ことば》が真実《しんじつ》なんだ——って、自分《じぶん》で自分《じぶん》につきつけてしまった気《き》がした。

クロはあたし一筋《ひとすじ》じゃない。——じゃ、なんだろう、あたしたちの関係《かんけい》って。

クロにとって、あたしは何《なに》？

「アカリだよ」

きっぱりと、クロは言《い》った。

その目《め》は、まっすぐにあたしを見《み》ている。

「アカリがおれの姫巫女《ひめみこ》。たった一人《ひとり》の姫巫女《ひめみこ》」

「——」

あたしは何《なに》も、こたえられなかった。

だって、こたえようがない。

クロはウソをついているわけじゃない。本心《ほんしん》から、そう思《おも》ってくれているんだと思《おも》う。

でも――あたしはそれでも不安《ふあん》になる。

こんなの……結局《けっきょく》、どうにもならないことだよね……。

そのまま、あたしたちは、何《なに》も言《い》わずに石段《いしだん》をのぼった。

ハムちゃんも、あたしの腕《うで》のなかで黙《だま》り込《こ》んでいた。

しんとした、居心地《いごこち》の悪《わる》い空気《くうき》をこのメンバーのなかで感《かん》じるなんて、あたしにとっては初《はじ》めてのことで……なんだか、泣《な》きそうにさえ感《かん》じた。

4

次《つぎ》の日《ひ》の放課後《ほうかご》、あたしはミドリと一緒《いっしょ》に神社《じんじゃ》の参道《さんどう》の下《した》まで帰《かえ》ってきて、そこで別《わか》れた。

レイちゃんは、この数日《すうじつ》は、ご両親《りょうしん》のところに外国《がいこく》のお客《きゃく》さまが来《き》ていてパーティーが続《つづ》くからっていう理由《りゆう》で、学校《がっこう》が終《お》わるとすぐに迎《むか》えの車《くるま》で先《さき》に帰《かえ》っちゃっている。そういうのは昔《むかし》からよくあることなんだ。

「アカリ、おかえり」

あたしが石段《いしだん》をのぼり始《はじ》めると、すぐに上《うえ》からクロが駆《か》けおりてくる。クロが犬《いぬ》だったときから、変《か》わらない習慣《しゅうかん》だ。あたしの足音《あしおと》とか匂《にお》いとか、わかるんだって。なんだか恥《は》ずかしいけど。

今日《きょう》もきてくれたことに、あたしはちょっとほっとした。

だって、昨日《きのう》のアレコレをあたしはまだほんの少《すこ》しひきずっていたから、クロのいつも通《どお》りの笑顔《えがお》に安心《あんしん》したんだ。

「ただいま、クロ！」

あたしもふだんどおりに答《こた》えて、あたしたちはならんで石段《いしだん》をのぼりはじめた。

——と、そのとき、あたしのスマホが、メッセージの着信《ちゃくしん》を知《し》らせる音《おと》を鳴《な》らした。

画面《がめん》を確認《かくにん》すると、たった今《いま》まで一緒《いっしょ》にいたミドリからだ。

(何《なん》だろ)

気《き》になって中身《なかみ》を読《よ》んでみて、あたしは、えー、って思《おも》わず声《こえ》をあげてしまった。

〈アカリ、大変《たいへん》！　倉居史也《くらいふみや》が店《みせ》に来《き》てる！　プライベートで！　な、な、なんで――?!〉

ミドリ、うろたえまくってる。

そりゃそうだよ。あたしもびっくりした。

なんで、プライベートで？　昨日《きのう》の今日《きょう》で？　〈フリージア〉のクレープがよっぽど気《き》に入《い》ったのかな。それとも、他《ほか》に何《なに》か……。

〈アカリ、店《みせ》に来《き》てくれない？　どうしていいか、わかんないよ～〉

うーん、あたしが行《い》って、どうにかなる問題《もんだい》でもないと思《おも》うけど。

でも、正直《しょうじき》なところ、あたしも史也《ふみや》くんにはもう一度《いちど》、会《あ》ってみたかった。

そして、聞《き》いてみたい。どうして、真実《しんじつ》の泉《いずみ》の水《みず》のこと、気《き》にかけていたのか。わざわざ撮影《さつえい》の前日《ぜんじつ》にうちの神社《じんじゃ》に来《き》て、水《みず》のことを真剣《しんけん》にきいてきたのは、なぜなのか。

昨日《きのう》みたいな、めんどうなオトナたちがいないところで、話《はなし》をしたい。

「アカリ、どうした？」

足《あし》をとめてスマホを見《み》ているあたしに、クロが声《こえ》をかけてきた。

「え、と……ミドリからちょっと……」

あたしはクロに事情《じじょう》を話《はな》すのを、ためらった。

だって、史也《ふみや》くんに会《あ》いに行《い》くって言《い》ったら、クロがまた、浮気《うわき》だなんだって言《い》いそうだし、ついてくるとか言《い》い出《だ》しそう。

あたしと史也《ふみや》くんが話《はな》しているときに、あれこれ横《よこ》から言《い》われても困《こま》るし……。

「あ、あのね……ミドリの店《みせ》、おじさんが買《か》い物《もの》に行《い》っちゃって、人手《ひとで》が足《た》りないんだって。ちょっとお手伝《てつだ》いに行《い》ってこようかな、なんて……」

とっさについたウソに、クロはあっさりとうなずいた。

「そっか。わかった。夕飯《ゆうはん》はうちで食《た》べるよな？」

「うん、もちろん」

「了解《りょうかい》。じゃ、また迎《むか》えにくる」

クロは石段《いしだん》をおりはじめたあたしを、手《て》を振《ふ》って見送《みおく》ってくれた。

……なんか、ごめんね、クロ。

クロにウソをつくなんて、初《はじ》めてかもしれない。

ふり向《む》いたら、まだそこにクロがいてくれるかもしれないと思《おも》うとできなくて、あたしは石段《いしだん》を急《いそ》ぎ足《あし》で駆《か》けおりていった。

〈フリージア〉のドアを開《あ》けると、

「いらっしゃいませ——あ、アカリ、来《き》てくれた！」

ほっとしたみたいなミドリの声《こえ》と同時《どうじ》に、カウンターにいた帽子《ぼうし》をかぶったお客《きゃく》さんが、パッとあたしを見《み》た。

倉居史也《くらいふみや》だ。ホントにいた。

帽子《ぼうし》で一応《いちおう》、変装《へんそう》はしているつもりみたいだけど、あたしを見《み》るとすぐに、向《む》こうから声《こえ》をかけてきた。

「あの……昨日《きのう》、お会《あ》いした方《かた》ですよね。たしか、泉水神社《いずみじんじゃ》の巫女《みこ》さんの」

「そうです。泉《いずみ》アカリっていいます。ミドリとは同級生《どうきゅうせい》の友達《ともだち》なんです」

「そうなんですね。昨日《きのう》はどうも。いろいろとお騒《さわ》がせしました」

「いいえ、こちらこそ、お邪魔《じゃま》しちゃってすみませんでした」

なんだか普通《ふつう》の会話《かいわ》をしているのが、ちょっと不思議《ふしぎ》な気分《きぶん》だった。だって、やっぱりこのひと、とんでもない有名人《ゆうめいじん》なわけだし。

「……藤ケ崎《ふじがさき》さんは、今日《きょう》は一緒《いっしょ》じゃないんですね」

史也《ふみや》くんは、あたしの後《うし》ろにちらりと目《め》を向《む》けながら、そう言《い》った。

「レイちゃんはいそがしいから……」

「でも、このお店《みせ》には、ときどき来《く》るんですよね？」

史也《ふみや》くんは、あたしの返事《へんじ》を食《く》いぎみにさえぎると、今度《こんど》はカウンターのなかのミドリにたずねた。

あたしとミドリは、思《おも》わず顔《かお》をあわせた。

どうする……ってお互《たが》いに視線《しせん》でやりとりし、結局《けっきょく》、

「……あの、レイは、ここに来《く》るには来《く》るけど、それで藤ヶ崎家《ふじがさきけ》とつながりを持《も》とうなんて、考《かんが》えないほうがいいと思《おも》いますよ。レイ、そういうの嫌《きら》いだし……」

ためらいがちにそう言《い》ったのは、ミドリだ。

「そういうのじゃありません。ただ、藤ヶ崎《ふじがさき》さんにもう一度《いちど》、会《あ》いたいだけで……」

「だから、それが、お仕事《しごと》のためなんでしょう？　レイには嫌《いや》がられるだけだと思《おも》う」

「……そうですか」

史也《ふみや》くんは、がっくりとうつむいた。

やっぱり仕事《しごと》のために必死《ひっし》なんだな。

そういうの、あたしは悪《わる》いとは思《おも》わない。でも、それが、大事《だいじ》な友達《ともだち》にかかわるとなると話《はなし》は別《べつ》だ。レイちゃんには、つきまとわないでほしい。

「——どうぞ。うちのクレープを気《き》に入《い》って来《き》てくださったのでしたら、大歓迎《だいかんげい》ですよ」

そこで、だまってあたしたちの会話《かいわ》を聞《き》いていたミドリのおじさんが、史也《ふみや》くんの前《まえ》に

お皿《さら》を置《お》きながら、にこやかにそう言《い》った。

「あ、おれ、クレープ好《す》きです。ここの、すごくおいしいと思《おも》います」

気《き》を取《と》り直《なお》したように、笑顔《えがお》でそう答《こた》えた史也《ふみや》くんの注文《ちゅうもん》を見《み》て、あたしは目《め》を丸《まる》くした。〈フリージア〉のクレープは具《ぐ》がたっぷりだから、あたしが晩《ばん》ご飯《はん》がわりに食《た》べるときでも、三《みっ》つでおなかいっぱいになる。

史也《ふみや》くんのお皿《さら》には、五《いつ》つ――ううん、六《むっ》つも載《の》ってる。

それを、史也《ふみや》くんは、ぱくぱくとあっという間《ま》にたいらげていく。それだけじゃなく、

「やっぱ、うまい！　おかわりいいですか？　今度《こんど》は――そうだなあ、ツナコーンと、フランクフルト！」

「ははは、さすがスポーツマンだ、よく食《た》べるねえ」

ミドリのおじさんは、うれしそうだ。もちろんミドリも、クレープを食《た》べてくれるのはうれしいわけで、しぶかった表情《ひょうじょう》が、ちょっと和《なご》んだ。

――となると、あたしもクレープ、食《た》べたくなるよね、やっぱり。

大好《だいす》きなチョコバナナを注文《ちゅうもん》してから、あたしは思《おも》い切《き》って、史也《ふみや》くんのとなりに座《すわ》った。気《き》になっていた、真実《しんじつ》の水《みず》の話《はなし》をしてみたかったから。

するとと、

「そうだ、あの泉《いずみ》の水《みず》、飲《の》みましたよ」

史也《ふみや》くんのほうから、話《はなし》を持《も》ち出《だ》してくれた。

「ど、どうでした……?」

ニセモノだから、効《き》き目《め》なんかないはずだけど、一応《いちおう》、あたしはきいてみる。

「……おれ、本当《ほんとう》にあったらいいのにって思《おも》っていたんですよね、真実《しんじつ》の水《みず》。でも、あれ、ニセモノじゃない。ずるいなあ、有名《ゆうめい》なパワースポットの泉《いずみ》なのに」

冗談《じょうだん》めかして、史也《ふみや》くんは言《い》った。

だから、あたしも、冗談《じょうだん》ぽくきいてみた。

「ホンモノだったら、何《なに》か、誰《だれ》かにきいてみたいこととか、あったんですか?」

「うーん、まあね。あったかも。でも……今《いま》は、それ以上《いじょう》に大事《だいじ》なことができたっていうか」

「大事《だいじ》なこと、ですか」

「うん。……まあ、そんな感《かん》じかな」

あいまいに笑《わら》ってそう言《い》った史也《ふみや》くんは、明《あか》るい顔《かお》ってほどではなかったけど、でも、あの夕暮《ゆうぐ》れの神社《じんじゃ》で見《み》たときの史也《ふみや》くんとは、少《すこ》し印象《いんしょう》が違《ちが》うなって気《き》がした。

だから、あたしはなんだかほっとした。

何《なに》があったのかわからないけど、史也《ふみや》くん、悩《なや》みがふっきれたのかな。みれんがましい——って自分《じぶん》で言《い》っていたサッカーのことを、きっぱり諦《あきら》められたとか。

それはそれで、サッカー選手《せんしゅ》としての史也《ふみや》くんの印象《いんしょう》が強《つよ》いあたしにはちょっと残念《ざんねん》だったけど、史也《ふみや》くんにとってはきっといいことなんだと思《おも》う。

もう会《あ》うことなんかないだろうけど、これからは、モデルとしてがんばっていってほしいな。

——なんて、そのときのあたしは思《おも》っていたんだ。

なのに。

なんと、その日《ひ》から、毎日《まいにち》、毎日《まいにち》、史也《ふみや》くんは〈フリージア〉にあらわれるようになった。

そのたびに、ミドリから、「どうしよう、出禁《できん》にもできないしさ……」って困《こま》ったようなメッセージが来《く》るし、あたしとしても、なんだか放《ほう》っておけなくて、結局《けっきょく》、あたしまで、毎日《まいにち》〈フリージア〉にいくことになっちゃってて……。

「ここのクレープ、本当《ほんとう》においしいです！」

史也《ふみや》くんはそう言《い》って、いっつも、おかわりまでして食《た》べていくから、ミドリもミドリのおじさんも、悪《わる》い気《き》はしていないみたい。史也《ふみや》くんも、だんだんリラックスした表情《ひょうじょう》を見《み》せるようになって、会話《かいわ》もはずむし。

ただ、それでもいつも必《かなら》ず、史也《ふみや》くんは言《い》うんだよね。

「……藤ヶ崎《ふじがさき》さんは、今日《きょう》も来《こ》ないんですか」

結局《けっきょく》はレイちゃん目当《めあ》て、藤ヶ崎家《ふじがさきけ》の仕事《しごと》ほしさに通《かよ》ってきてるのかなあって思《おも》うと、そこはあきれてしまう。

レイちゃんがいそがしくしていて、会《あ》う機会《きかい》がないうちに、あきらめてくれないかな。

あたしは友達《ともだち》として、レイちゃんが、この〈フリージア〉で、また嫌《いや》な気持《きも》ちになるのを見《み》たくないんだよね。この間《あいだ》の撮影《さつえい》のときだって、冷静《れいせい》にはしていたけど、本当《ほんとう》は、かなりうんざりしていたと思《おも》うんだ。

だから、史也《ふみや》くんが通《かよ》ってきている話《はなし》も、あえて、レイちゃんにはしていない。

でも、それもそろそろ限度《げんど》があるなあって、あたしは思《おも》った。

そのうち、家《いえ》の用事《ようじ》が落《お》ち着《つ》いたらレイちゃんは〈フリージア〉に顔《かお》を見《み》せるだろうし、いずれは会《あ》ってしまう。

それにあたしのほうも、毎日《まいにち》、〈フリージア〉に寄《よ》り道《みち》してるもんだから、クロが気《き》にしているんだよね。

「前《まえ》みたいに、何《なに》か店《みせ》でトラブルでもあるのか？」って。

そういうんじゃなくて、あたし、ミドリと一緒《いっしょ》に宿題《しゅくだい》してるんだ——って言《い》ってごまかしてるけど、さすがにそれも、何日《なんにち》も続《つづ》くと苦《くる》しい。それに、あたしだって、神社《じんじゃ》のお手《て》伝《つだ》いを放《ほう》り出《だ》してるの、気《き》がとがめる。

こうなったら、レイちゃんと史也《ふみや》くん、一度《いちど》ちゃんとあって、話《はな》したほうがいいのかもしれない。そして、ちゃんと仕事《しごと》のことを断《ことわ》ったら、さすがに史也《ふみや》くんもあきらめるかも。

そう思《おも》ったあたしは、史也《ふみや》くんの〈フリージア〉通《がよ》いがとうとう五日《いつか》になった日《ひ》の翌日《よくじつ》、朝《あさ》、学校《がっこう》に行《い》く途中《とちゅう》で、レイちゃんにその話《はなし》をした。

今《いま》までだまっていてごめんね、って言《い》いながら。

レイちゃんは、ちょっとおどろいたようだった。

「あのひと……ヒマなの？」

う、やっぱり、そこは気《き》になるよねえ。レイちゃんみたいにいそがしいひとから見《み》たら、特《とく》にそうだと思《おも》う。

「それはわからないけど、レイちゃんに会《あ》うまで通《かよ》い続《つづ》けろって言《い》われてるとか。あのえらそうなマネージャーに」

「……ふうん」

レイちゃんは、何《なに》か考《かんが》え込《こ》むような顔《かお》になった。

「……わかった、じゃ、あたし、今日《きょう》〈フリージア〉に行《い》くよ」

出《で》てきた答《こた》えに、あたしはほっとしたけど、不安《ふあん》でもあった。

「レイちゃん、ムリしてない？　イヤなんだったら、あたしとミドリで〈フリージア〉にもう来《こ》ないでってガツンと言《い》ってもいいんだよ」

「でも、お店《みせ》にとっては、大事《だいじ》なお客《きゃく》さまでしょ。クレープ好《ず》きなのは本当《ほんとう》みたいだし。とはいっても、毎日入《まいにちい》り浸《びた》りじゃ、ミドリも困《こま》るよね。そのうち、倉居史也《くらいふみや》が通《かよ》ってきてるってウワサになって、店《みせ》が大変《たいへん》なことになるかもしれない。特《とく》に週末《しゅうまつ》は、泉水神社《いずみじんじゃ》におぜい、女《おんな》の子《こ》も来《く》るしさ。——ま、そっちはクロめあてだから、関係《かんけい》ないかもだけど」

クスっと笑《わら》いながら、レイちゃんは言《い》った。

う……とあたしは言葉《ことば》につまる。たしかに、週末《しゅうまつ》、うちの神社《じんじゃ》は、若《わか》い女性《じょせい》の参拝者《さんぱいしゃ》がとーっても多《おお》い。レイちゃんが言《い》うとおり、クロが目的《もくてき》だ。クロが、話題《わだい》のパワースポットの、超《ちょう》イケメン神主《かんぬし》として、SNS《エスエヌエス》で有名人《ゆうめいじん》になっちゃってるから。一緒《いっしょ》に写真《しゃしん》とってくださーい、なんて女《おんな》の子《こ》が行列《ぎょうれつ》を作《つく》っちゃったりして、なんかもう、クロもへらへら相手《あいて》にしてあげたりするしさ。……まあ、別《べつ》に、あたしは関係《かんけい》ないけどさっ。

「……とにかく、今日《きょう》、行《い》くよ。放課後《ほうかご》、一度《いちど》、家《いえ》に戻《もど》ってフランス語《ご》の授業《じゅぎょう》を受《う》けたあとになるから、ちょっと遅《おそ》めになるけど」

「レイちゃん、ホントに、いいの？」

「いいよ。あ、倉居史也《くらいふみや》くんにもそう言《い》っておいてくれたらいいよ。用《よう》があるなら、行《い》きますから、待《ま》っててくださいって」

「……わかった」

レイちゃんはミドリにもそのことを伝《つた》えた。

ミドリがおじさんに連絡《れんらく》して、今日《きょう》の七時《しちじ》、〈フリージア〉の閉店後《へいてんご》に、みんなで店《みせ》に集《あつ》まろうっていうことになった。他《ほか》のお客《きゃく》さんがいてもややこしそうだから。

史也《ふみや》くんには連絡《れんらく》する方法《ほうほう》はないから、店《みせ》に来《き》たあと、七時《しちじ》まで待《ま》っててもらうことにする。

よかった。これで、史也《ふみや》くん事件《じけん》も解決《かいけつ》だね――って、あたしは安心《あんしん》した。

……んだけど。

5

「アカリ。今日《きょう》はわいも、〈フリージア〉にいくで！」

約束《やくそく》の七時《しちじ》までは少《すこ》し間《ま》があるから、あたしはいったん家《いえ》に帰《かえ》って、久《ひさ》しぶりに境内《けいだい》の掃除《そうじ》を手伝《てつだ》っていたんだけど、ハムちゃんが、いきなり、あたしの頭《あたま》の上《うえ》にポーンと飛《と》び乗《の》ってきたかと思《おも》うと、そう言《い》ったんだ。

「え、なんで――」

「とぼけてもムダやでー、今日《きょう》、レイちゃんが、あの史也《ふみや》とかいうモデルと〈フリージア〉

で会《あ》うんやろ。レイちゃんの親友《しんゆう》として、わいがボディーガードに行《い》くんや！」

「は？　え、ちょっとまって。なんでハムちゃん、知《し》ってるの？　レイちゃんが史也《ふみや》くんと会《あ》う話《はなし》」

「知《し》ってるに決《き》まってるやろ。わいはこう見《み》えても、泉水神社《いずみじんじゃ》の神《かみ》さまの力《ちから》で命《いのち》を得《え》たスーパースペシャルなハムスターやで。そのくらい、わかるんや！」

……そんなスーパースペシャルな力《ちから》があるなんて、これまで聞《き》いたことないよ、ハムちゃん。そりゃ、特別《とくべつ》なハムスター（ていうか、もとはネズミだし……）なのはわかってるけど。

「わいはな。レイちゃんに近《ちか》づく男《おとこ》にはきびしいで！　クロみたいにヤキモチ焼《や》きなんと違《ちが》うで。これは、友情《ゆうじょう》なんや」

「わかった。わかったけど、クロには内緒《ないしょ》――」

「誰《だれ》に内緒《ないしょ》だって？」

後《うし》ろから、低《ひく》い声《こえ》が聞《き》こえた。

「あ……」

ふり向《む》くまでもない。クロだ。

「……ったく、毎日《まいにち》、毎日《まいにち》、他《ほか》のオトコのところに通《かよ》ってるのを、文句《もんく》も言《い》わずに送《おく》り出《だ》してただろ。おれのどこがヤキモチ焼《や》きなんだよ」

いつのまにやってきたのか、社務所《しゃむしょ》にいたはずのクロが、いつもの神主《かんぬし》の装束姿《しょうぞくすがた》で、あたしのすぐ後《うし》ろにいた。

「クロ、知《し》ってたの！」

「知《し》ってました。当《あ》たり前《まえ》だろ、おれをなんだと思《おも》ってんだよ」

そう言《い》いながら、クロがぴっと指《ゆび》をたてる。その指《ゆび》にとまったのは、まっくろなちょうちょが三匹《さんびき》。

「あ、そのちょうちょって……」

以前《いぜん》、レイちゃんがさらわれた事件《じけん》のときに、レイちゃんちの屋敷《やしき》の様子《ようす》をさぐるために使《つか》った子《こ》たちだ。このちょうちょが忍《しの》び込《こ》んだ先《さき》の映像《えいぞう》を、クロに届《とど》けてくれるんだ。

「じゃ、ハムちゃんが知《し》ってたのも、この子《こ》たちの力《ちから》で、なんだ。クロ、もしかして、ずっとあたしを見《み》はって……」

「見《み》はるって、人聞《ひとぎ》きがわるいな。大事《だいじ》な姫巫女《ひめみこ》が毎日《まいにち》どこにいってるか、ちゃんと把握《はあく》しておこうと思《おも》っただけ。〈フリージア〉の様子《ようす》を、ときどきのぞいてたんだよ。だから、さっき決《き》めた予定《よてい》のことも知《し》ってるってだけ」

「結局《けっきょく》、見《み》はりじゃん！」

なによ、それ。

あたし、一応《いちおう》は、クロにはばれないように気《き》をつけてたのに。馬鹿《ばか》みたいじゃない。

「つまり、クロとハムちゃんとで、あたしをずっと見《み》はってたってわけなんだ」

……なんか、なっとくできない気分《きぶん》。クロ、そんなにあたしのこと、信《しん》じてくれていないのかな。

「神《かみ》さまって、やろうと思《おも》えばなんでもできちゃうわけ」

さすがにそれは、やりすぎじゃないの。

「それはねえよ。ただ、本当《ほんとう》に、アカリが心配《しんぱい》で気《き》になってたの。芸能人《げいのうじん》の男《おとこ》なんて、何《なに》しでかすかわかんないだろ」

「史也《ふみや》くんは悪《わる》い人《ひと》じゃないよ」

そこは信《しん》じてもいいと思《おも》うんだ。さすがに、何日《なんにち》も顔《かお》をあわせていたらわかる。

「……ほら、やっぱり、そいつに気《き》を許《ゆる》してるじゃねえか」

クロはすねたみたいな声《こえ》を出《だ》した。

その顔《かお》も、これまでに見《み》たことないような、わかりやすい表情《ひょうじょう》で……え、もしかして、ホントにクロって、史也《ふみや》くんにヤキモチ焼《や》いてたの？　あたしが史也《ふみや》くんを気《き》にするから？

（それって……）

あたしは心《こころ》の半分《はんぶん》くらいであきれ、残《のこ》りの半分《はんぶん》くらいは……ちょっと、なんか、うれしかった。

だって、クロが、そんなにあたしのことを、その……好《す》きでいてくれてるんだってわけだし。……まあ、だからって、ずっとあたしを見《み》はってたのはどうかと思《おも》うけどさ。

「アカリ、わいはやっぱり、あの史也《ふみや》にはもっときびしくするべきやと思《おも》う！」

ハムちゃんはまだ、そっちにこだわっていた。

「そのためにも、今《いま》こそこれの出番《でばん》や！」

そう言《い》いながら、ハムちゃんは今度《こんど》はクロの頭《あたま》の上《うえ》にとびうつり、取《と》り出《だ》したのは、背《せ》中《なか》に隠《かく》していた小《ち》さなペットボトル。

「え、もしかして、それって……」

「ホンモノの真実《しんじつ》の水《みず》や！」

ハムちゃんはぐいっと胸《むね》をはった。

「これを、史也《ふみや》が飲《の》む水《みず》にこっそり混《ま》ぜるんや。飲《の》ませるのがムリなら、ちょろっと頭《あたま》の先《さき》から振《ふ》りかけるだけでええ。それで絶対《ぜったい》にウソがつけへんようになるからな。史也《ふみや》がうまいこと言《い》うてレイちゃんにとりいろうとしても、本音《ほんね》がバレバレや。レイちゃんも、あきれるやろ」

「――ハムちゃん」

あたしはさすがにあきれて、じとっとハムちゃんをにらんだ。

「その水《みず》がどんなに大変《たいへん》なものなのか、ハムちゃんはわかってるはずでしょ」

「もちろんや！」

「だったら。こんなことで使《つか》うのはダメだよ。史也《ふみや》くんは何《なに》も悪《わる》いことをしていないんだから」

「……そうは言《い》うても」

「ダメなものはダメ」

きびしく言《い》うと、ハムちゃんは不満《ふまん》そうにぷくっとほっぺたをふくらませたけれど、

「――だそうだ、ハム。姫巫女《ひめみこ》の言《い》うことはちゃんときけ」

クロが頭《あたま》の上《うえ》に手《て》をのばし、ハムちゃんからペットボトルをとりあげて、自分《じぶん》のふところにしまった。

「――でも、おれもハムも、ついてはいくぜ。それはいいだろ」

「……わかった」

そのくらいはしかたない。

それに、あたしも、史也《ふみや》くんがレイちゃんに何《なに》かムリを言《い》いだしたとき、クロがいてくれたほうが心強《こころづよ》いと思《おも》った。——史也《ふみや》くんを信《しん》じてはいるけどさ……何《なに》か面倒《めんどう》なことになっても困《こま》るし。

そうして、あたしたちは、約束《やくそく》の時間《じかん》に〈フリージア〉に向《む》かった。

〈フリージア〉は、七時《しちじ》少《すこ》し前《まえ》にクローズドの看板《かんばん》を出《だ》した。

店《みせ》の中《なか》には、カウンターの中《なか》にミドリとミドリのおじさん。テーブル席《せき》に、あたしとクロ、それから、クロの肩《かた》の上《うえ》でぬいぐるみのふりをしているハムちゃん。

カウンター席《せき》には、そわそわとした様子《ようす》の史也《ふみや》くん。

そして、いよいよ約束《やくそく》の時間《じかん》。ドアが開《あ》いた。

「お待《ま》たせ。ちょっと遅《おく》れちゃった。ごめんね」

「レイちゃ……」

「藤《ふじ》ケ《が》崎《さき》さん！」

あたしが呼《よ》ぶよりも先《さき》に、史《ふみ》也《や》くんがレイちゃんを呼《よ》びながら立《た》ちあがった。

「こんばんは、倉《くら》居《い》史《ふみ》也《や》くん」

「こ、こんばんは……あ、あの、倉《くら》居《い》史《ふみ》也《や》です」

……なんか、どっちが芸能人《げいのうじん》なのってくらいに、史《ふみ》也《や》くんのほうがガチガチに緊張《きんちょう》している。

藤《ふじ》ケ《が》崎《さき》家《け》のおじょうさまって、そんなにすごい存在《そんざい》なんだなあ。あたし、生《う》まれたときから友達《ともだち》だったから、よくわからないけど。

レイちゃんは、いつもよりもちょっとすました、よそゆきの声《こえ》で言《い》った。

「わたしに用《よう》があるって聞《き》いたんで、来《き》ました。――でも、はじめに言《い》っておきますけど、親《おや》の仕事《しごと》のことは、わたしとはいっさい関係《かんけい》ありません。親《おや》とは、そう約束《やくそく》しているんです。――で、どういった御用《ごよう》ですか」

「……は、はい。……じゃなくて、いや、その、おれはべつに……」

史也《ふみや》くんは、ひたすらしどろもどろで、ろくにしゃべれていない。史也《ふみや》くんも、これじゃだめだと思《おも》ったのか、カウンター席《せき》においてあったグラスから、水《みず》を飲《の》んで自分《じぶん》を落《お》ち着《つ》けようとした。

（あ……）

そのとき、あたしはそのグラスの近《ちか》くに、ひらりと黒《くろ》い影《かげ》が舞《ま》うのを見《み》た気《き》がした。

（クロのちょうちょ……？）

だけど、一瞬《いっしゅん》で消《き》えてしまったから、確《たし》かめられなかった。

まさか——と思《おも》ってクロに目《め》を向《む》けたけれど、クロは素知《そし》らぬ顔《かお》でレイちゃんと史也《ふみや》くんを見《み》ているだけだ。

（史也《ふみや》くんの水《みず》に細工《さいく》をした、なんてことは……ないよね？）

そもそも、真実《しんじつ》の水《みず》を史也《ふみや》くんに飲《の》ませたがっていたのはハムちゃんだ。クロじゃない。

ごくん——と水《みず》を飲《の》んだ史也《ふみや》くんは、グラスをカウンターに置《お》くと、あらためてレイちやんに向《む》かい合《あ》って立《た》った。

「藤ヶ崎《ふじがさき》レイさん。おれがずっとここに来《き》ていたのは——あなたに一目惚《ひとめぼ》れしたからです。あなたが好《す》きです。おれとつきあってください！」

「え……」

レイちゃんが、予想外《よそうがい》の言葉《ことば》に目《め》を丸《まる》くした。

もちろん、レイちゃんだけじゃない。

「えええええ」

あたしとミドリも、一緒《いっしょ》に声《こえ》をあげてしまった。

「は？　何言《なにゆ》うてんねや、こいつ」

ハムちゃんまで、ぬいぐるみのふりを忘《わす》れて声《こえ》をあげる。

「なんだ、そっちか。——アカリめあてじゃないなら、まあいいか」

なんだかほっとしたようにそう言《い》ったのは、クロ。

おどろいていなかったのは、唯一《ゆいいつ》、ミドリのおじさんだけだった。

おじさんは、にこにこと史也《ふみや》くんを見《み》ている。だろうねえ、そう思《おも》っていたよ——なんて、つぶやくのが聞《き》こえた。

「——えええ、おれ、何《なに》を言《い》ってるんだ！」

当《とう》の本人《ほんにん》、史也《ふみや》くんまで、自分《じぶん》の口《くち》から飛《と》びだした告白《こくはく》に、自分《じぶん》で慌《あわ》てている。

「いや、その、おれ——ちがうんだ、いや、好《す》きだっていうのはちがわないし、ホントのホントに一目惚《ひとめぼ》れだけど、いきなりこんな告白《こくはく》するつもりはなくて、ただ、もう一回《いっかい》会《あ》えたらいいなって思《おも》ってたのは確《たし》かだし、そりゃ本音《ほんね》をいえば、つきあってほしいなと思《おも》っていたけど、いきなりそんなこと言《い》ってドン引《び》きされてもイヤだから、もうちょっとスマートにやろうと思《おも》っていて……ああああなんでこんな、本音《ほんね》が口《くち》から止《と》まらないんだよ！」

いきなりべらべらしゃべりだした史也《ふみや》くんをレイちゃんはぽかんと見《み》ていたけど、ハッと何《なに》かに気《き》づいたように、あたしを見《み》た。そして、手《て》で小《ちい》さく、水《みず》を飲《の》むような仕草《しぐさ》をしてみせる。

真実《しんじつ》の水《みず》を飲《の》ませたんでしょ——って、そう言《い》ってるんだ。

あたしは、ぶんぶんと首《くび》をふった。

レイちゃんが、うたがわしそうに眉《まゆ》をひそめる。

う——そりゃそうだよね。これ、あたしたち、何度《なんど》か見《み》たパターンだよ。真実《しんじつ》の水《みず》を飲《の》んでしまって、本音《ほんね》が口《くち》からとまらなくなる人《ひと》。

だから、もう、これ、絶対《ぜったい》そうだよ。

「——クロ！　ハムちゃん！」

あたしは小《ちい》さい声《こえ》で呼《よ》びながら、二人《ふたり》をにらむ。

「なんだよ、どうかしたのか？」

クロはすっとぼけて見《み》せた。

……ってことは、まさか、ハムちゃんなの？

あたしがハムちゃんに視線《しせん》をうつすと、ハムちゃんはわかりやすくうろたえた。

「ハムちゃんがやったの？　クロだと思《おも》ったのに。なんで、こんなことに真実《しんじつ》の水《みず》なんか——」

あたしは思《おも》わず、声《こえ》に出《だ》してしまった。

すると、史也《ふみや》くんがあたしを見《み》た。

「真実《しんじつ》の水《みず》？　これって、あの神社《じんじゃ》の真実《しんじつ》の泉《いずみ》の水《みず》を飲《の》んだせいなのか？　おれに、それを飲《の》ませたの？」

「え、えええええと……」

あたしはしどろもどろになった。

その反応《はんのう》を見《み》て、史也《ふみや》くんは、事実《じじつ》をさとったらしい。

しばらく、ぼう然《ぜん》としたかと思《おも》うと、

「………すっげええ」

ぽつんとつぶやいたあと、はははは、と笑《わら》い出《だ》した。

「これ、ホントにすごい。何《なに》、前《まえ》に飲《の》んだペットボトルの水《みず》とぜんぜん違《ちが》う。あのときは何《なに》も変化《へんか》が起《お》きなかったけど、これはすごいよ。ほんものだ」

えええと、この反応《はんのう》、どうしたらいいんだろ。

もしかして、よろこんでるの？

「あの、真実《しんじつ》の水《みず》、飲《の》みたかったんですか？」

きいてしまってから、あたしは、しまった、と思《おも》った。

今《いま》、史也《ふみや》くんはウソがつけない。あたしが質問《しつもん》したら、秘密《ひみつ》にしておきたいことでも答《こた》えてしまうんだ。どうしよう、なにか、まずいことを聞《き》いてしまったら……。

「そうだよ、飲《の》みたかったんだ」

史也《ふみや》くんはやけにからっと明《あか》るい声《こえ》で言《い》った。

「だって――おれはずっと迷《まよ》っていたんだ。足《あし》をケガして、手術《しゅじゅつ》をして、一応《いちおう》は成功《せいこう》した。だけど、今度同《こんどおな》じところをケガしたら、もう二度《にど》と走《はし》れないかもしれない。そうなったら、サッカーだけじゃなく、モデルもうできないかもしれない。おれには、何《なに》も残《のこ》らなくなる」

そう言《い》った史也《ふみや》くんの声《こえ》は、震《ふる》えていた。

「自分《じぶん》でもわからなかったんだ。どうしたらいいのか。どうしたいのか。自分《じぶん》の本当《ほんとう》にやりたいことはなんなのか。サッカーをあきらめると決《き》めたことを、本当《ほんとう》は悔《く》やんでいるのか、どうか。——だから、真実《しんじつ》の泉《いずみ》の水《みず》を飲《の》んで、自分自身《じぶんじしん》に聞《き》いてみたらわかるかと思《おも》ったんだよ。おれが本当《ほんとう》にやりたいことってなんなのか」

史也《ふみや》くんはそこで、一《ひと》つ大《おお》きく息《いき》を吐《は》いた。

自分自身《じぶんじしん》に、今《いま》ここで、聞《き》くつもりなのかもしれないって、あたしは思《おも》った。ウソのつけない自分《じぶん》になって、自分自身《じぶんじしん》に本当《ほんとう》の心《こころ》を。

だけど、史也《ふみや》くんが口《くち》を開《ひら》く前《まえ》に、レイちゃんが言《い》った。

「サッカー、やめたくないんだね」

「うん」

その答《こた》えに、一瞬《いっしゅん》の迷《まよ》いもなかった。

レイちゃんが、やっぱりそうなんだ——って、かみしめるように言《い》った。

「……うん、やめたくない」

史也《ふみや》くんは笑顔《えがお》で、もう一度《いちど》、言《い》った。

「前《まえ》と同《おな》じように走《はし》れるかどうかはわからない。でも、やめたくない。これが本当《ほんとう》の、おれの気持《きも》ちだ。あー、すっとした。納得《なっとく》したー！」

史也《ふみや》くんの叫《さけ》びは、なんだかすがすがしかった。

レイちゃんが、笑顔《えがお》になった。

史也《ふみや》くんは、その笑顔《えがお》のレイちゃんに、続《つづ》けていった。

「おれ、ずっと迷《まよ》っていたんだ。自分《じぶん》の気持《きも》ちがわからなくて。でも、あの日《ひ》、CM《シーエム》撮影《さつえい》に来《き》た日《ひ》、藤ケ崎《ふじがさき》さんが言《い》ってくれたんだ。走《はし》ってたじゃない——って。それを聞《き》いた瞬間《しゅんかん》、すうっと目《め》の前《まえ》が晴《は》れた気《き》がしたんだ。うれしくて、そして、藤ケ崎《ふじがさき》さんにもう一度《いちど》、おれの走《はし》るところ、見《み》てもらいたいって思《おも》って、それで……つい、みなさんの迷惑《めいわく》も考《かんが》えずに、毎日《まいにち》、来《き》てしまって……」

史也《ふみや》くんは、そこで、言葉《ことば》をのみ込《こ》んだ。

それから、あたしやクロ、ミドリをふくめ、その場《ば》の全員《ぜんいん》を見《み》たあと、

「すみませんでした、いろいろと迷惑《めいわく》をかけてしまいました」

きっぱりとそう言《い》って、深々《ふかぶか》と頭《あたま》を下《さ》げた。

「おれ、サッカー、やります。──誰《だれ》よりもいちばんに、藤ケ崎《ふじがさき》さん──レイさんに、それを言《い》えてよかった。レイさん、今日《きょう》はありがとう。迷惑《めいわく》かけて、ホント、ごめん。──好《す》きだって言《い》えたのもよかった。ファンでもないおれに言《い》われても、困《こま》るだろうけど……レイさんのこと、忘《わす》れません。ありがとうございました」

それじゃ、おれはこれで──そう言《い》って、史也《ふみや》くんは、レイちゃんのわきをすり抜《ぬ》けて、〈フリージア〉のドアをあけて、外《そと》に出《で》て行《い》った。

迷《まよ》いのない足取《あしど》りだった。

颯爽《さっそう》としていて、フィールドを走《はし》っているときの史也《ふみや》くんに似《に》ている気《き》がした。

……これで、よかったのかな。

レイちゃんも、びっくりしたかもしれないけど、仕事《しごと》の話《はなし》じゃなかったわけだし……。

そう思《おも》いながら、あたしはレイちゃんのほうを見《み》た。

レイちゃんは何《なに》も言《い》わず、史也《ふみや》くんが去《さ》って行《い》ったドアのほうを、じいぃっと見《み》ていた。

レイちゃんはそのあと、家《いえ》の用事《ようじ》があるからって、そそくさと帰《かえ》っていった。

あたしとクロとハムちゃんも、連《つ》れだって神社《じんじゃ》への石段《いしだん》をのぼっていく。

「……これで、よかったのかな」

あたしはさっき思《おも》ったことを、今度《こんど》は口《くち》にして、二人《ふたり》にきいてみた。

「よかったって、何《なに》が？　おれはよかったけど。あいつの狙《ねら》いがアカリじゃなくて」

「わいもよかったで。もうレイちゃんにつきまとったりもせえへんやろ、あいつ」

「……やっぱり、史也《ふみや》くん、もう〈フリージア〉には来《こ》ない、んだろうね」

去《さ》って行《い》くときの史也《ふみや》くんを見《み》ていたら、そんな気《き》がした。

だけど、それが気《き》になるんだ、「これでよかったのかな」って。

「……レイちゃんはさ。どうなんだろ」

史也《ふみや》くんに告白《こくはく》されたわけでしょ。その返事《へんじ》って、まだしてない。

どうする、つもりなんだろ。

「どうもならねえんじゃねえの。もう会《あ》う機会《きかい》だってないだろうし」

クロはそっけない。

それはそうなんだ。……けど。

あたしはどうにも、気《き》になっていた。史也《ふみや》くんに告白《こくはく》されたときのレイちゃんや、去《さ》って行《い》く史也《ふみや》くんを見《み》ていたときのレイちゃん。

そもそも、さ。レイちゃんて、お金持《かねも》ちのおじょうさまだし、美少女《びしょうじょ》だし、実《じつ》はこれまでだって、告白《こくはく》されたことって、何回《なんかい》もあるんだ。あたしは知《し》ってる。

だけど、レイちゃんはいつだって、誰《だれ》のことも、きっちりことわっていた。

つきあってみようって思《おも》わないの――なんて、あたしがきいたときも、「だって、興味《きょうみ》がないひとと付《つ》き合《あ》ったって意味《いみ》がないでしょ?」って、当《あ》たり前《まえ》みたいに言《い》っていた。

そのレイちゃんが、史也《ふみや》くんの告白《こくはく》には、返事《へんじ》をしなかったんだよね。――ことわる、っていう返事《へんじ》を。

これってさ……すごく、気《き》になる。もしかして、レイちゃんて……。

あたしの読《よ》みはあたったみたいだった。

それからのレイちゃんは、これまでとはちょっと違《ちが》うところができた。夜《よる》、何気《なにげ》なくメッセージをおくって、今何《いまなに》してたの、なんて聞《き》いたら、「何《なに》ってわけじゃないけど、サッカーの動画見《どうがみ》てた」って返事《へんじ》が来《き》たり。

学校《がっこう》では、グラウンドでサッカーをしている部活《ぶかつ》の子《こ》たちを、なんとなく目《め》で追《お》っていたり。

そして、今日《きょう》の昼休《ひるやす》みなんて、ふだんはほとんど交流《こうりゅう》のないクラスメートが、「そういえば、倉居史也《くらいふみや》、サッカー選手《せんしゅ》に戻《もど》るんだって?」「そうそう、決《き》まりかけてたドラマの仕事《しごと》ことわったんだってね。モデルから俳優《はいゆう》になる道《みち》、選《えら》ぶと思《おも》ったのになあ」「もったいないよね、あんだけイケメンなのに。あたし、サッカー興味《きょうみ》ないから、モデルの史也《ふみや》のほうがいい」……なんて会話《かいわ》をしているのを、ちょっとだけけわしい顔《かお》で見《み》ていた。

だから、あたしは放課後《ほうかご》、レイちゃんをうちに誘《さそ》ったんだ。久《ひさ》しぶりにゆっくりおしゃべりしようよ――って。家《いえ》の用事《ようじ》のほうも、やっと落《お》ち着《つ》いたみたいだったし。

そこで、レイちゃんの本音《ほんね》を、聞《き》きたかった。

「……うん。あたしも、アカリとしゃべりたかった」

レイちゃんはそう言《い》ってくれた。

夕方《ゆうがた》、一般《いっぱん》の参詣者《さんけいしゃ》をしめきって、他《ほか》に人《ひと》のいなくなった境内《けいだい》で、あたしとレイちゃんは、社務所《しゃむしょ》の前《まえ》のベンチにすわった。

……とはいえ、何《なに》から、しゃべったらいいのかな。

ためらったあたしは、まず、切《き》り出《だ》した。

「あのね。あたしが初《はじ》めて史也《ふみや》くんを見《み》たとき、史也《ふみや》くん、あのへんに一人《ひとり》で立《た》ってたんだよ。真実《しんじつ》の泉《いずみ》の水《みず》のこと、すごく気《き》にしてた」

「……そうなんだ」

レイちゃんは、いつもよりも無口《むくち》な気《き》がした。

あたしも、どんなふうにここから続《つづ》けていったらいいかわからなくて……だって、あたしたち、ずうっと友達《ともだち》だったけど、これまで恋《こい》バナって、ほとんどしたことないんだ、考《かん》えてみたら。

あたしもレイちゃんも、これまで、誰《だれ》かとつきあうとか、考《かん》えてなかったし。

……あたしなんか、告白《こくはく》も付《つ》き合《あ》うのも飛《と》びこえて、いきなり、婚約者《こんやくしゃ》です！　なんて言《い》いだす神《かみ》さまがあらわれたりするし。

と、そこで、

「レイちゃん、あの史也《ふみや》のこと、どう思《おも》てるんや？」

いきなり、予想外《よそうがい》の声《こえ》がした。

びっくりして目《め》を向《む》けると、いつのまにか、あたしたちの前《まえ》にあらわれていたハムちゃんだった。

レイちゃんも、一瞬《いっしゅん》、息《いき》をのみ、少《すこ》しだまって考《かんが》えていたけど、

「……応援《おうえん》したいなって思《おも》ってる」

ゆっくりと、そう答《こた》えた。

ううむ……っと、ハムちゃんは、むずかしい顔《かお》になった。

「そっか……」

あたしも、むずかしいなって思《おも》った。

好《す》きとか、そういうの、突然《とつぜん》目《め》の前《まえ》に来《き》たときって、むずかしいよね。

特《とく》に、相手《あいて》が、ちょっと特別《とくべつ》な立場《たちば》にある人《ひと》だったりするとさ。

あたしたちは、それからしばらく、だまって、あの日《ひ》みたいにきれいな夕日《ゆうひ》が境内《けいだい》を照《て》らすのを見《み》ていた。

こんなふうに、しずかに、誰《だれ》かのことを考《かんが》えるのもいいよね――なんて思《おも》いながら。

ところが、あっというまに、その静《しず》けさはこわれてしまった。

「――見《み》つけたぞ、この間《あいだ》の中学生《ちゅうがくせい》！」

石段《いしだん》のほうから大《おお》きな声《こえ》がしたかと思《おも》ったら、息《いき》を切《き》らしながら、かけてきた男《おとこ》の人《ひと》がいたんだ。

「あれって……野木原《のぎはら》さん？」

史也《ふみや》くんのマネージャーさんだ。

あたしたちのそばまでやってきた野木原《のぎはら》さんは、この間《あいだ》の撮影《さつえい》のとき、やたらに媚《こ》びてきたのとはうってかわって、目《め》をつり上《あ》げて言《い》った。

「余計《よけい》なことをしてくれたな。せっかく史也《ふみや》がサッカーをあきらめる気《き》になっていたのに、君《きみ》たちがたきつけたんだろう。こっちはちゃんと計画《けいかく》を練《ね》って、史也《ふみや》がモデル専業《せんぎょう》になるようにもっていく途中《とちゅう》だったんだ。うまくいっていたのに！」

「計画《けいかく》……？」

「サッカーなんかやってたって、うちの事務所《じむしょ》のもうけにはならないんだよ。ケガをしたのはチャンスだと思《おも》って、あれこれ言《い》いふくめて、モデルだけをさせる予定《よてい》だったんだ。それを……」

野木原《のぎはら》さんは、そこでいったん言葉《ことば》を切《き》って、はああと大《おお》きく息《いき》をついた。

「ともかく、だ。君《きみ》たちなんかに、オトナのたてた計画《けいかく》をつぶされるわけにはいかないんだよ。ようく考《かんが》えて、史也《ふみや》にちゃんと話《はなし》をしてくれないか。モデルのほうがいい、サッカーはやめたほうがいい、って」

「何《なに》、それ」

レイちゃんが、顔《かお》をしかめた。

「計画《けいかく》って、なんなんですか。なんだか、史也《ふみや》くんのケガを利用《りよう》して、サッカーをやめさせようとしてるみたいだけど……本当《ほんとう》に史也《ふみや》くんのケガって、そこまで大《おお》きなケガなんですか？」

「も、もちろんだ。きまってるだろう」

冷静《れいせい》なレイちゃんの問《と》いかけに、野木原《のぎはら》さんはうろたえたみたいだった。

何《なに》コレ……なんか、ちょっと、ひっかかる。

「本当《ほんとう》のことを言《い》ってください、史也《ふみや》くんの人生《じんせい》がかかっているんですよ」

レイちゃんがきびしい声《こえ》で言《い》った。

「ははは、本当《ほんとう》に決《き》まってるだろう。何《なに》を……」

野木原《のぎはら》さんはしらじらしく笑《わら》って、何《なに》かをごまかそうとしている。その目《め》は、レイちゃんに向《む》いていて、あたしのほうは見《み》ていない。

「アカリ、うそをあばくんや！」

ハムちゃんが小声《こごえ》で言《い》った。

あたしはハッとして――それからは迷《まよ》わなかった。

そうだよ、こういうときのために、真実《しんじつ》の水《みず》はあるんだ。

自分《じぶん》の髪《かみ》の一房《ひとふさ》をかき上《あ》げる。そうすると、あたしの髪《かみ》は金色《きんいろ》の矢《や》になって、同時《どうじ》に、手《て》には黄金《おうごん》の弓《ゆみ》が現《あらわ》れる。学校《がっこう》の制服《せいふく》を着《き》ていたあたしの姿《すがた》は、あっというまに巫女《みこ》の装《しょう》束《ぞく》になり、そして、あたしには、真実《しんじつ》の泉《いずみ》を守《まも》ってきた姫巫女《ひめみこ》の力《ちから》が宿《やど》る。

「**真実《しんじつ》からは、逃《に》げられないんだからね**――」

そう言《い》って、あたしは、油断《ゆだん》して背《せ》を向《む》けている野木原《のぎはら》さんに向《む》けて、矢《や》を放《はな》った。

姫巫女《ひめみこ》の矢《や》は、真実《しんじつ》の泉《いずみ》の水《みず》とともに、相手《あいて》につきささる――といっても、本当《ほんとう》にささるわけじゃなくて、動《うご》きを止《と》めるとともに、ウソをつくことをできなくするんだ。

「史也《ふみや》くんのケガは、本当《ほんとう》は、それほどひどくないんじゃないの。再起不能《さいきふのう》だなんて、ウソなんでしょう」

レイちゃんが、あたしの矢《や》が野木原《のぎはら》さんにささったのを見《み》て、すかさず、言《い》った。

「そのとおりだよ、リハビリさえすれば、元《もと》に戻《もど》れる可能性《かのうせい》は充分《じゅうぶん》にある」

野木原《のぎはら》さんは答《こた》えた。それから、自分《じぶん》でハッとしたように、口《くち》をふさごうとする。

でも、レイちゃんが続《つづ》けて言《い》った。

「史也《ふみや》くんにサッカーをやめさせるために、だましていたの？」

「ああ、そうだよ。サッカーなんて、成功《せいこう》するかどうかわからないだろ。一《いち》か八《ばち》かの勝負《しょうぶ》にかけるより、モデルのほうがいいんだよ。確実《かくじつ》に金持《かねも》ちになれる。そのほうがいいに決《き》まってるだろ——ああああなんで、こんな言葉《ことば》が口《くち》から出《で》てくるんだ。いったいなんなんだよ、この神社《じんじゃ》」

野木原《のぎはら》さんは、うろたえてあたりを見《み》まわした。

そこで、いつのまにか巫女姿《みこすがた》に変身《へんしん》しているあたしを見《み》て、何《なに》かを感《かん》じたらしい。

「お前《まえ》が何《なに》かしたのか！」

そう言《い》って、手《て》にしていたビジネスバッグを、やけになってあたしに投《な》げつけてきた。

「きゃ——」

顔《かお》に当《あ》たる——と思《おも》ったそれは、寸前《すんぜん》で、止《と》まった。

「てめえ……おれの姫巫女《ひめみこ》に、何《なに》しやがる」

あらわれたのは、クロだった。

クロが、その不思議《ふしぎ》な力《ちから》で、あたしを守《まも》ってくれたんだ。

「あれこれ悪《わる》だくみをしているようだが、この泉水神社《いずみじんじゃ》の神《かみ》さまを怒《おこ》らせたな……」

神主姿《かんぬしすがた》のクロの眼《め》がぎらりと光《ひか》り、その怒《いか》りがゆらりとオーラになって見《み》える気《き》がした。

「わ、悪《わる》だくみじゃない、わたしは史也《ふみや》のために……」

おびえながら、野木原《のぎはら》さんが言《い》った。

「——でも、おれの夢《ゆめ》はサッカーなんだ」

その言葉《ことば》が聞《き》こえ、あたしたちは、声《こえ》のしたほうに目《め》を向《む》けた。

史也《ふみや》くんがいつのまにか、境内《けいだい》にあらわれていた。

「野木原《のぎはら》さんが〈フリージア〉に向《む》かったっていうから、何《なに》か、レイさんたちに迷惑《めいわく》をかけるんじゃないかと思《おも》って追《お》いかけてきたんだ。——でも、まさか、あなたがおれにウソをついていたなんて」

「うう……」

すべてをきかれたと知《し》って、野木原《のぎはら》さんは、もうどうしようもないとさとったのか、史《ふみ》也《や》くんときちんと話《はな》しもせず、くそー、と怒鳴《どな》ったあと、地面《じめん》に落《お》ちたビジネスバッグを拾《ひろ》った。

そのまま、みんなに背《せ》を向《む》けて、その場《ば》から走《はし》って逃《に》げていく。

「二度《にど》と来《く》んなー！」とハムちゃんが悪態《あくたい》をついた。

クロはあたしに駆《か》けよってきて、「大丈夫《だいじょうぶ》か、アカリ」と心配《しんぱい》をしてくれた。

「うん。平気《へいき》。クロが助《たす》けてくれたから」

そして、そんなあたしたちの視線《しせん》の先《さき》では、レイちゃんと史也《ふみや》くんが向《む》かい合《あ》っていた。

「レイさん——この間《あいだ》は、おれ、言《い》いたいことだけ言《い》って逃《に》げてしまって、ごめん。でも、一晩《ひとばん》考《かんが》えて、やっぱりもう一度《いちど》、言《い》いたいと思《おも》ったんだ。おれ、君《きみ》が好《す》きだ。君《きみ》がおれのファンでもなんでもないのは知《し》ってる。でも、おれはもう一度《いちど》サッカーに挑戦《ちょうせん》して、必《かなら》ずワールドカップに出場《しゅつじょう》する。そのときは、おれの試合《しあい》を見《み》に来《き》てくれませんか」

「うん。絶対《ぜったい》に行《い》く。──史也《ふみや》くんがワールドカップでゴールを決《き》めるところを、見《み》に行《い》くよ」

「ほ、本当《ほんとう》に？」

あの倉居《くらい》史也《ふみや》が、顔《かお》を赤《あか》くして、声《こえ》をふるわせている。目《め》はきらきらとかがやいていて、まるでゴールを決《き》めたときみたいだった。

レイちゃんも、ほんのりピンクにそまった頬《ほお》をして、ちょっと緊張《きんちょう》したみたいな顔《かお》で、史也《ふみや》くんを見《み》つめている。

「約束《やくそく》、してくれますか」

「うん。──約束《やくそく》する」

レイちゃんは、史也《ふみや》くんに小指《こゆび》を差《さ》し出《だ》した。

史也《ふみや》くんもそれに答《こた》えて、レイちゃんの指《ゆび》に小指《こゆび》をからめる。

指切《ゆびき》りをしたあと、小指《こゆび》を放《はな》した史也《ふみや》くんは、喜《よろこ》びがおさえきれないみたいに、大声《おおごえ》で叫《さけ》んだ。

「やったー！　待《ま》ってろよ、ワールドカップ！」

その堂々《どうどう》とした決意表明《けついひょうめい》で、さすがにハムちゃんも、史也《ふみや》くんを認《みと》める気《き》になったらしい。小《ちい》さな手《て》で、パチパチパチパチ……と拍手《はくしゅ》を送《おく》る。

あたしも一緒《いっしょ》に、思《おも》わず手《て》をたたいた。


その後《ご》、史也《ふみや》くんは、あたしたちにもきっちり挨拶《あいさつ》をして、帰《かえ》っていった。――帰《かえ》り際《ぎわ》に、レイちゃんとメッセージアドレスの交換《こうかん》も、ちゃんとしていった。なんだか、いい雰《ふん》囲気《いき》で、あたしもうれしくなっちゃう。

レイちゃんを家《いえ》まで送《おく》ったあと、あたしとクロとハムちゃんは、すごく幸《しあわ》せな気分《きぶん》で家《いえ》

への道《みち》を歩《ある》いた。

「——結局《けっきょく》さ、ハムちゃんが史也《ふみや》くんに真実《しんじつ》の水《みず》を飲《の》ませたのも、結果《けっか》オーライだったよね」

「……ま、まあ、せやな」

ハムちゃんはなぜか、ちょっとぎこちなく答《こた》えた。

あたしはすごく楽《たの》しい気持《きも》ちだったから、ハムちゃんの表情《ひょうじょう》がちょっとくもってることに、そのとき、気《き》づくことができなかった。

だから……知《し》らなかったんだ。

ハムちゃんが小声《こごえ》で、「あのとき、水《みず》を飲《の》ませたの、クロやろ。ヤキモチ焼《や》いて、真実《しんじつ》の泉《いずみ》の水《みず》を使《つこ》うたやろ」とクロに聞《き》いていたこと。

クロがそれに、「そんなことするはずねえだろ」と答《こた》えたこと。

「クロ。泉《いずみ》を守《まも》る神《かみ》さまが、泉《いずみ》の水《みず》のことでウソをついたら、神罰《しんばつ》がくだるで」

ハムちゃんが眉《まゆ》をひそめて言《い》った言葉《ことば》に、

「いや、神《かみ》さまはおれだし」

と、クロは笑《わら》った。

でも、その瞬間《しゅんかん》、ざわりと山《やま》がざわめいた——何《なに》か、不穏《ふおん》な風《かぜ》が起《お》きた。

真実《しんじつ》の泉《いずみ》を生《う》み出《だ》した、真泉山《まいずみやま》という聖《せい》なる山《やま》、それ自体《じたい》がゆれた。

だけど、あたしは——まだ半人前《はんにんまえ》の姫巫女《ひめみこ》のあたしは、それに気《き》づくことができなかったんだ……。

第《だい》二《に》章《しょう》

姫巫女《ひめみこ》は呪《のろ》いと戦《たたか》う

1

これは夢《ゆめ》だな――って、自分《じぶん》でわかることがある。

そのときも、あたしは、夢《ゆめ》を見《み》ながら、これは夢《ゆめ》だなって思《おも》っていた。

夢《ゆめ》の中《なか》で、あたしが泣《な》いていた。――と思《おも》ったら、あたしじゃなくて、あたしにそっくりな誰《だれ》かだった。

髪《かみ》は長《なが》く、巫女《みこ》の装束《しょうぞく》を着《き》ている。

どうしたの、何《なに》が悲《かな》しいの――って、あたしはたずねた。

しずかに涙《なみだ》を流《なが》しつづける夢《ゆめ》のなかの巫女《みこ》には、あたしの声《こえ》が聞《き》こえないみたいだった。

ただ、泣《な》きながら、一言《ひとこと》だけ、かすれ声《ごえ》でつぶやいた。

クロ……私《わたし》を忘《わす》れないで。

その言葉《ことば》に、胸《むね》の奥《おく》をぎゅっとつかまれたような痛《いた》みを感《かん》じて――。

――ハッとなって、あたしは目《め》をさました。

そこは見《み》なれたあたしの部屋《へや》で、もう窓《まど》の外《そと》は明《あか》るかった。青《あお》い空《そら》がガラス越《ご》しに見《み》える。今日《きょう》もいい天気《てんき》だ。

「う……おはようさん、アカリ」

隣《となり》で寝《ね》ていたハムちゃんも目《め》をさましたみたいで、寝《ね》ぼけ眼《まなこ》をこすりながら、あたしに声《こえ》をかけてくる。

「おはよう、ハムちゃん」

あたしがそう答《こた》えたところで、ドアの向《む》こうから声《こえ》がした。

「アカリ、起《お》きたのかー、フレンチトースト、そろそろ焼《や》くぞ」

クロだ。クロのフレンチトースト、おいしいんだよね。やった！

「はーい！」

あたしはガバッと身《み》を起《お》こして、元気《げんき》よく答《こた》えた。

いつもの朝《あさ》だ。

今日《きょう》は日曜日《にちようび》。あたしとクロとハムちゃんとで、今日《きょう》も一日《いちにち》、神社《じんじゃ》にお参《まい》りに来《く》るひとたちをがんばってお迎《むか》えしなきゃ。夕方《ゆうがた》にはレイちゃんと〈フリージア〉でクレープを食《た》べる約束《やくそく》もしている。いそがしくて楽《たの》しい日曜日《にちようび》になる――はずだ。

だけど、どうしてか、あたしの心《こころ》はざわざわと落《お》ち着《つ》かない。

夢《ゆめ》のせいだ。――って、認《みと》めたくはなかったけど、でも、実際《じっさい》は、そうだった。

あの夢《ゆめ》に出《で》てきた巫女《みこ》って……もしかして、千年前《せんねんまえ》の姫巫女《ひめみこ》だったんじゃないか――そんな気《き》がしたんだ。

クロとともに泉《いずみ》を守《まも》り、悪《わる》い殿様《とのさま》の手《て》から泉《いずみ》を守《まも》るため、命《いのち》をかけて封印《ふういん》をした、美《うつく》しい伝説《でんせつ》の姫巫女《ひめみこ》。そして、クロと約束《やくそく》をしたひと。千年後《せんねんご》に生《う》まれ変《か》わって、今度《こんど》は互《たが》いに人間《にんげん》としてともに暮《く》らそう――って。

クロはその約束《やくそく》を守《まも》って、今《いま》、ここに――あたしのそばに、いる。あたしを姫巫女《ひめみこ》の生《う》まれ変《か》わりと信《しん》じ、人間《にんげん》の姿《すがた》を得《え》て、千年前《せんねんまえ》と同《おな》じように真実《しんじつ》の泉《いずみ》を守《まも》りながら。

そして、あたしは、そのことを、ちょっと気《き》にしてる。だって、あたしの心《こころ》はあたしのものので、あたしは姫巫女《ひめみこ》の記憶《きおく》も心《こころ》も持《も》ってはいない。あたしはあたし。姫巫女《ひめみこ》じゃ、ない。

もしかして、姫巫女《ひめみこ》のほうも、そうなのかな。

あたしと姫巫女《ひめみこ》は別《べつ》の存在《そんざい》だと感《かん》じていて、だから、クロがあたしと仲良《なかよ》くしているのがいやなのかな。クロが本当《ほんとう》の姫巫女《ひめみこ》のことを忘《わす》れてしまうと思《おも》って、それで泣《な》きながら夢《ゆめ》にあらわれたのかな。……それとも、あれは、ただの夢《ゆめ》？

──あたしがそんなふうに過去《かこ》のアレコレを気《き》にしていることを、たぶん、クロは気《き》づいている。

で、クロは言《い》うんだ。

アカリはおれの姫巫女《ひめみこ》。千年前《せんねんまえ》からずーっと同《おな》じだよ、って。

そう言《い》われても、あたしには千年前《せんねんまえ》の記憶《きおく》なんかないのに……。

その日《ひ》の夕方《ゆうがた》だった。

あたしとクロとハムちゃんは、夕食《ゆうしょく》を食《た》べながら、ニュースを見《み》ていた。

「あ――博士《はかせ》だ！」

見《み》知《し》った顔《かお》がいきなりテレビに出《で》てきて、あたしはびっくりした。

城ケ崎博士《じょうがさきはかせ》――通称《つうしょう》、トレジャーハンターJJ《ジェイジェイ》。世界中《せかいじゅう》を旅《たび》して、いろんな遺跡《いせき》を調査《ちょうさ》している、その筋《すじ》では有名《ゆうめい》な博士《はかせ》だ。

この泉水神社《いずみじんじゃ》にもむかし、真実《しんじつ》の泉《いずみ》の調査《ちょうさ》に来《き》たことがある。そのときは、真実《しんじつ》の泉《いずみ》はまだ封印《ふういん》がとけていなくて、博士《はかせ》は泉《いずみ》を復活《ふっかつ》させることができなかったんだ。

でも、一月前《ひとつきまえ》、泉《いずみ》が復活《ふっかつ》したあとの神社《じんじゃ》に、ふたたび訪《たず》ねてきた。

そして、いろいろあって、神社《じんじゃ》から盗《ぬす》まれていた打《う》ち出《で》の小槌《こづち》の彫刻《ちょうこく》を取《と》り戻《もど》す手伝《てつだ》いをしてくれた。その小槌《こづち》が、ハムちゃんの大事《だいじ》な宝物《たからもの》だったこともあって、その後《ご》、ハムちゃんと博士《はかせ》はとってもなかよしになった。

博士《はかせ》は、少《すこ》し離《はな》れたところにある研究所《けんきゅうじょ》に住《す》んでいるんだけど、泉水神社《いずみじんじゃ》に散歩《さんぽ》に来《く》るのが日課《にっか》になって、ハムちゃんはハムちゃんで、取《と》り戻《もど》した打《う》ち出《で》の小槌《こづち》をシャンシャンと鳴《な》らしながら、ご機嫌《きげん》で博士《はかせ》と一緒《いっしょ》に歩《ある》いている――はずだった。

「そういえば、ハムちゃん、最近《さいきん》、博士《はかせ》と散歩《さんぽ》してないんじゃない？」

あたしはそう気《き》づいて、きいてみた。

「せやで。博士《はかせ》、今《いま》、あたらしい遺跡《いせき》の発掘《はっくつ》でいそがしいねん」

「遺跡《いせき》の発掘《はっくつ》？」

あたしが聞《き》き返《かえ》したそのとき、テレビが告《つ》げた。

『城ケ崎博士《じょうがさきはかせ》が発見《はっけん》した、この刀《かたな》。これは、今《いま》から千年《せんねん》ほど前《まえ》に、この町一帯《まちいったい》をおさめていた領主《りょうしゅ》の持《も》ち物《もの》ではないかと思《おも》われます。一族《いちぞく》はその後《ご》、流行病《りゅうこうびょう》で滅《ほろ》びてしまい、残《のこ》された財宝《ざいほう》なども行方《ゆくえ》がわからなくなっていたのです。この刀《かたな》の発見《はっけん》は、この町《まち》の歴史《れきし》を知《し》る上《うえ》で、大《おお》きな手《て》がかりとなるでしょう――』

「え――」

あたしは息《いき》をのんだ。

さび付《つ》いたその刀《かたな》の映像《えいぞう》に、目《め》が釘付《くぎづ》けになる。思《おも》わず立《た》ちあがると、ガタン、とイスが倒《たお》れた。

「アカリ、どうした。シチューのおかわりならまだあるぞ」

クロが言《い》った。

「そうじゃないの——クロは、何《なに》も感《かん》じない？　あの刀《かたな》を見《み》て」

「刀《かたな》……？」

クロはあらためて、テレビの画面《がめん》に目《め》を向《む》けた。

「そう言《い》われて見《み》れば、何《なに》か、よくない気《き》を感《かん》じるような……」

「よくないなんて、そんなもんじゃないと思《おも》う。すごく……こわい。殺気《さっき》みたいな……」

どうしてクロが感《かん》じないのか、あたしはフシギだった。クロのほうがよほど、あたしより、そういうのに敏感《びんかん》なはずなのに。

「あの刀《かたな》を持《も》っていた領主《りょうしゅ》って……つまり、あの殿様《とのさま》でしょ。真実《しんじつ》の泉《いずみ》を手《て》に入《い》れようとして、そのせいで姫巫女《ひめみこ》が命《いのち》をかけて泉《いずみ》を封印《ふういん》することになったっていう」

「……ああ、そのはずだな」

クロはやっと、表情《ひょうじょう》をけわしくした。

「そうか、やつの刀《かたな》か」

クロにとっては、何《なに》よりも悲《かな》しい出来事《できごと》を引《ひ》き起《お》こした存在《そんざい》だ。

ニュースでは、刀《かたな》は城ヶ崎博士《じょうがさきはかせ》が研究所《けんきゅうじょ》に持《も》ち帰《かえ》って分析《ぶんせき》すると告《つ》げていた。

「クロ。なんか、気《き》になるの。あれを放《ほう》っておいちゃいけない気《き》がする。ね、一緒《いっしょ》に博士《はかせ》のところに行《い》こう」

「そうだな。わかった」

クロは、うなずいてくれた。

あたしとクロとハムちゃんは、博士《はかせ》の研究所《けんきゅうじょ》に急《いそ》いで出向《でむ》くことになった。

急《きゅう》を要《よう》するってことで、クロが獣型《けものがた》に変身《へんしん》して、あたしたちを乗《の》せて空《そら》を飛《と》んでいくことになった――んだけど、

「……ん、なんだ、これ」

クロがいつものように、両手《りょうて》をパシっとあわせて獣型《けものがた》に変《か》わろうとしても、なぜかすぐ

に変身《へんしん》できなかった。

「……なんか、最近《さいきん》、調子悪《ちょうしわる》いんだよな」

クロは笑《わら》ってごまかそうとする。

「調子悪《ちょうしわる》いって……大丈夫《だいじょうぶ》なの？」

あたしはとっても心配《しんぱい》になったんだけど、クロは何《なに》も言《い》わない。だけど……クロは神《かみ》さまなのに、調子《ちょうし》が悪《わる》くなったりすること、あるのかな。

もしかして、あの刀《かたな》が見《み》つかったことと、何《なに》か関係《かんけい》がある？

だけど、そう聞《き》いてみても、クロは、「いや、少《すこ》し前《まえ》からなんだ。たぶん、人間《にんげん》になって、慣《な》れないこといろいろやってきたから、疲《つか》れたかな」なんて、笑《わら》っている。

何度目《なんどめ》かのトライのあと、やっと獣型《けものがた》になったクロは、神社《じんじゃ》の上空《じょうくう》にまいあがり、あたしとハムちゃんをのせて飛《と》んだ。

そのとき、あたしは何気《なにげ》なく神社《じんじゃ》を見下《みお》ろしたのだけど……。

（あれ……）

なんとなく、真泉山《まいずみやま》の空気《くうき》がにごっている気《き》がした。

あたしは霊力《れいりょく》なんかないと思《おも》っているけど、それでも、なんだか山《やま》の色《いろ》が違《ちが》うんだ。真《ま》泉山《いずみやま》の空気《くうき》って、しんと静《しず》かなたたずまいで、それでいてどこかやさしい匂《にお》いの風《かぜ》が吹《ふ》いていたはず。

なのに、今《いま》は、ざわついて、ひどく落《お》ち着《つ》かない風《かぜ》が、うなるようにぐるぐるうずまいている。

何《なに》か、あまりよくないことが起《お》きている気《き》がする。

でも、いったいそれは、なんなんだろう……。

2

研究所《けんきゅうじょ》についたあたしたちを、城ヶ崎博士《じょうがさきはかせ》はすぐに迎《むか》え入《い》れてくれた。

やってくるのがわかっていたみたいに、庭《にわ》に出《で》て空《そら》を見《み》あげ、手《て》を振《ふ》ってくれていたから、あたしはちょっとびっくりした。

「来《く》るじゃろうと思《おも》っておったんじゃよ。――わしじゃなく、わしの家《いえ》にいる君《きみ》らの仲間《なかま》たちが、そわそわしておるようじゃったからな」

「あたしたちの仲間《なかま》――ですか？」

誰《だれ》のことだろう、いったい。

首《くび》を傾《かし》げたあたしに、博士《はかせ》は笑《わら》って言《い》った。

「前《まえ》に見《み》たじゃろ。わしが世界《せかい》を旅《たび》しておったときに出会《であ》い、一緒《いっしょ》にこの家《いえ》に来《く》ることを選《えら》んでくれたみんなじゃよ」

「みんな……って、もしかして、あのヘンな――じゃなくて、ちょっと変《か》わった格好《かっこう》をした神《かみ》さまの像《ぞう》とか、そういうみんなのこと、言《い》ってます？」

初《はじ》めて博士《はかせ》の家《いえ》に来《き》たとき、あたしはびっくりしたんだ。

玄関《げんかん》ホールからつながっている広《ひろ》いリビングには、動物《どうぶつ》の角《つの》で作《つく》ったような置物《おきもの》とか、目《め》が四《よっ》つあるわらで作《つく》った人形《にんぎょう》とか、そのほか、なんだかいわくありげな像《ぞう》が、それはもうたくさん並《なら》んでいた。

正直《しょうじき》言《い》って、ものすごくこわかった。

ほら、ホラー映画《えいが》とかにあるでしょう。呪《のろ》いの人形《にんぎょう》とか、そういうの。勝手《かって》に持《も》ち帰《かえ》っちゃったら、よくないことが起《お》こるようなやつ。夜中《よなか》にひそかに動《うご》きだしちゃったりして。

でも、クロは、その像《ぞう》や置物《おきもの》の持《も》つオーラっていうか、気持《きも》ちっていうか、そういうのがわかるみたいで、仲良《なかよ》く握手《あくしゅ》したり、していた。みんないい奴《やつ》だぞ——なんて言《い》って。

クロはふだんは人間《にんげん》ぽく暮《く》らしているけど、そういうところはやっぱり神《かみ》さまだ。

博士《はかせ》のところにいる世界各地《せかいかくち》の神《かみ》さまの像《ぞう》だけでなくて、泉水神社《いずみじんじゃ》と同《おな》じ町《まち》にある、他《ほか》のいろんな神社《じんじゃ》の神《かみ》さまとも、クロはなかよくしているらしい。

神《かみ》さまどうしがどうやってなかよくするのか、あたしにはまったく想像《そうぞう》がつかないから、あんまり考《かんが》えないようにしているんだけど。

「そうじゃ、あのみんなのことじゃよ。君《きみ》らのことを仲間《なかま》と思《おも》っておる。いいことじゃろ?」

「え、ええ、まあ……」

少《すく》なくとも、嫌《いや》がられているよりはずっといい。……よね？

「――ところで、ここに来《き》たのはやはり、あの刀《かたな》の件《けん》で、じゃな？」

「はい、ニュースで見《み》て、どうしても気《き》になって」

「そうじゃろうな。あの刀《かたな》の持《も》ち主《ぬし》は、泉水神社《いずみじんじゃ》に深《ふか》い関《かか》わりのある人物《じんぶつ》じゃからな」

「ええ。あの……刀《かたな》の実物《じつぶつ》を見《み》せてもらえますか？」

「もちろんじゃ。こちらにあるぞ」

あたしは、手招《てまね》きしてくれる博士《はかせ》のあとについて、研究室《けんきゅうしつ》に入《はい》ろうとした。

そのときだった。

研究室《けんきゅうしつ》に続《つづ》くドアの前《まえ》にかざられていた、見《み》なれない像《ぞう》――カラフルな布《ぬの》の衣装《いしょう》をまとって、手《て》に弓《ゆみ》と矢《や》を持《も》っているけど、耳《みみ》がはえていて、口《くち》がとがっていて、オオカミとかイヌっぽい顔《かお》をした、どこかの神《かみ》さまっぽい木像《もくぞう》――が、あたしのほうに倒《たお》れてきた。あたしの頭《あたま》より高《たか》いところに顔《かお》があるくらいだから、けっこう大《おお》きい像《ぞう》だ。

「わっ……」

あたしはびっくりしちゃったんだけど、あたし

「おっと、あぶない」

博士《はかせ》があわてて受《う》けとめてくれて、あたしにはぶつからなかった。にはぶつからなかった。——けど、なんだか、あたしが先《さき》へ進《すす》むのを邪魔《じゃま》しているみたいな、そんな倒《たお》れ方《かた》に見《み》えた。

同時《どうじ》に、木像《もくぞう》が持《も》っていた弓《ゆみ》がぽとりと床《ゆか》に落《お》ちる。

あたしは慌《あわ》てて、それを拾《ひろ》って、そのオオカミっぽい神《かみ》さまの手《て》に戻《もど》した。

そのとき、神《かみ》さまの手《て》が受《う》けとるのを拒《こば》んだみたいな気《き》が、なんとなく、した。——いや、ほんとになんとなく、なんだけど。

——気《き》のせい、だよね？　それとも……。

あたしは、そのイヌっぽい神《かみ》さまの顔《かお》をじっと見《み》つめた。

もしかして何《なに》かあたしに伝《つた》えたいことがあったりしますか——なんて、心《こころ》のなかで聞《き》いてみたけど、やっぱりあたしはクロじゃないし、神《かみ》さまの像《ぞう》と話《はなし》をすることはできないみたい。

「どうしたんじゃろ、これまで倒《たお》れたことなんぞ、なかったんじゃが」

博士《はかせ》も首《くび》を傾《かし》げている。

でも、クロはといえば、まるで気《き》にしていなかった。それよりも、早《はや》く研究室《けんきゅうしつ》に入《はい》りたがっている。――前《まえ》にここに来《き》たときは、クロは、このオオカミに似《に》た神《かみ》さまの像《ぞう》を気《き》に入《い》って、神《かみ》さまどうしのご挨拶《あいさつ》？（あたしにはわからないけど）もしてたはずなんだけど。

クロが何《なに》も言《い》わないんだから、きっと、今《いま》のも偶然《ぐうぜん》なんだろう。

あたしたちは、そのまま、研究室《けんきゅうしつ》に足《あし》をふみいれた。

パソコンや、3D《スリーディー》プリンター、何《なに》かわからないけど分析《ぶんせき》したり、研究《けんきゅう》したりするのに使《つか》う機械《きかい》――そういったものたちに囲《かこ》まれた部屋《へや》のまんなかに、大《おお》きなテーブルみたいな台《だい》がある。

台《だい》の上《うえ》にはまっしろな布《ぬの》が広《ひろ》げられ、その上《うえ》に、赤《あか》くさびた刀《かたな》が置《お》かれていた。鞘《さや》はなくて、むき出《だ》しの刀《かたな》だ。

それを目《め》にした瞬間《しゅんかん》、あたしはぎゅううっと心臓《しんぞう》をつかまれたような痛《いた》みを感《かん》じた。

「何《なに》、これ……」

そのまま、その場《ば》にずるずると座《すわ》り込《こ》んでしまう。

「アカリ、どうした」

クロがすぐにかけつけて、あたしを守《まも》るように、刀《かたな》に背《せ》を向《む》けて、くずれそうな体《からだ》を抱《だ》きとめてくれる。

「あの刀《かたな》……すごい邪気《じゃき》を感《かん》じる。どうしよう……どうしたらいいの」

あたしはうろたえて、切《き》れ切《ぎ》れにそう言《い》った。

こんなの初《はじ》めてだ。あたし、霊力《れいりょく》とか、ほんと、ないはずなのに、あの刀《かたな》がこわくてしかたがない。

「刀《かたな》のせいか。——ちょっと待《ま》ってろ」

クロはあせった声《こえ》でそう言《い》い、緊迫《きんぱく》した顔《かお》つきで、刀《かたな》へと近《ちか》づいていく。

「おいおい、勝手《かって》にさわってはいかん——」

のんびりした博士《はかせ》の声《こえ》に割《わ》り込《こ》むように、

「待《ま》って、クロ！」

あたしは叫《さけ》んだ。

さっきまで、刀《かたな》はただの刀《かたな》だった。

なのに、今《いま》は、その刀《かたな》の上《うえ》に、何《なに》かまがまがしい文字《もじ》の書《か》かれた御札《おふだ》がぼんやりと浮《う》かび上《あ》がってきたのだ。——呪符《じゅふ》だ。呪《のろ》いの札《ふだ》だ。そう感《かん》じた。

「クロ、その呪符《じゅふ》にさわっちゃだめ！」

「呪符《じゅふ》？　なんのことだ？」

クロにはそれが見《み》えていないみたいだった。

そのこと自体《じたい》、すごくイヤな感《かん》じがする。

あたしはあわててクロに飛《と》びついて、止《と》めようとした。

でも、おそかった。

クロが刀《かたな》に触《ふ》れる。——その瞬間《しゅんかん》、呪符《じゅふ》が消《き》えた。まるで、クロの体《からだ》にすいこまれたように見《み》えた。ぞわっとするような冷気《れいき》が、あたりを走《はし》った。

あたしは、とっさに腕《うで》のなかにいたハムちゃんを抱《だ》きしめた。その冷気《れいき》からかばうように。

だけど、その冷気《れいき》はすごくて、あたしは体《からだ》の芯《しん》からこごえるように感《かん》じた。

こわい——何《なに》か、とてつもなくおそろしいことが起《お》きる気《き》がする。

「な、なんじゃ、これは……」

博士《はかせ》のうろたえた声《こえ》がきこえる。……ってことは、泉水神社《いずみじんじゃ》とは直接関係《ちょくせつかんけい》のない博士《はかせ》でも、この冷気《れいき》を感《かん》じ取《と》っているんだ。

「アカリ、アカリ……大丈夫《だいじょうぶ》か」

どのくらいの時間《じかん》がたったのか——たぶん、数十秒《すうじゅうびょう》だったと思《おも》うけど、あたしはハムちゃんの声《こえ》でわれに返《かえ》った。

「ハムちゃん、大丈夫《だいじょうぶ》?」

「わいは、平気《へいき》や。——けど、アカリ……」

ハムちゃんは顔《かお》をひきつらせて、あたしの髪《かみ》に手《て》を伸《の》ばす。

そこであたしは気《き》づいた。あの泉水神社《いずみじんじゃ》のキセキの日《ひ》――クロが人間《にんげん》になって、ハムちゃんが動《うご》きだして、真実《しんじつ》の泉《いずみ》が復活《ふっかつ》した、あの日《ひ》。

あの日《ひ》、それまで普通《ふつう》の中学生《ちゅうがくせい》だったあたしにも、変化《へんか》が起《お》きた。セミロングだった髪《かみ》の毛《け》が、いきなり、腰《こし》より長《なが》いロングに伸《の》びちゃったんだ。

それだけじゃない。その髪《かみ》の毛《け》にはひとふさだけ、金色《きんいろ》にかがやく髪《かみ》があって、そこから、あたしは一本《いっぽん》の矢《や》を取《と》り出《だ》すことができた。

かつて、真実《しんじつ》の泉《いずみ》を封印《ふういん》していた矢《や》だ。それがなぜか、あたしの髪《かみ》の毛《け》に溶《と》け込《こ》んで、あたしの意思《いし》でとりだせるようになった。真実《しんじつ》の矢《や》は、泉《いずみ》の水《みず》と同《おな》じ力《ちから》を持《も》っていて、それに射《い》られたものは、ウソをつくことができなくなる。

そんな不思議《ふしぎ》な力《ちから》を持《も》った、あたしの髪《かみ》の毛《け》が――元通《もとどお》りのセミロングに戻《もど》っていた。なんの力《ちから》もない、平凡《へいぼん》な中学生《ちゅうがくせい》だったあたしに――自分《じぶん》が千年前《せんねんまえ》の姫巫女《ひめみこ》の生《う》まれ変《か》わりだなんて、夢《ゆめ》にも思《おも》っていなかったころのあたしに、戻《もど》ってしまったみたいに。

「ハムちゃん――ハムちゃんは、戻《もど》ってないよね」

「戻《もど》ってへんで、見《み》たらわかるやろ」

「よかった……」

もともと木彫《きぼ》りのネズミだったハムちゃんも、あのキセキの日《ひ》にとつぜん動《うご》きだしたんだけど、ハムちゃんに変化《へんか》はなかった。

「たぶん、アカリが守《まも》ってくれたからやと思《おも》う。おおきに」

ハムちゃんはあたしのほっぺを小《ちい》さな手《て》でさわりながら、目《め》をうるうるっとさせて言《い》った。あたしもほっとした。よかったよ。ハムちゃんは今《いま》ではあたしの大事《だいじ》な家族《かぞく》だもん。木彫《きぼ》りにもどっちゃわなくてほっとした。

「なんなんじゃ、今《いま》のは……」

おどろいて腰《こし》を抜《ぬ》かしてしまっていた博士《はかせ》が、つぶやきながら立《た》ちあがった。特《とく》にケガとか、していないみたい。よかった。

「――あ、クロは」

あたしはそこで、さらに不安《ふあん》にかられてクロの姿《すがた》をさがした。まさか、犬《いぬ》に戻《もど》っちゃったりしてないよね――。

「あ、よかった、クロ、いた――」

クロはちゃんと人間《にんげん》の姿《すがた》のまま、そこに立《た》っていた。

でも、手《て》にしていたはずの刀《かたな》は消《き》えている。それだけじゃなく、刀《かたな》はどこにも見《み》えなかった。

「クロ、刀《かたな》はどこにいったの？　あの呪符《じゅふ》は？」

あたしはクロに駆《か》けよって聞《き》いた。

でも、クロはだまっていて答《こた》えない。

なんだか、ぼんやりと、立《た》ちつくしているように見《み》えた。

「クロ、クロ、しっかりして」

あたしはクロの正面《しょうめん》にまわりこみ、その顔《かお》をじっと見《み》つめて、名前《なまえ》を呼《よ》んだ。

クロは、きょとんとしたような顔《かお》で、あたしを見《み》た。

――その瞬間《しゅんかん》、あたしはなんだか、ぞくっとした。何《なに》か、とてもイヤなことが起《お》こりそ

うな気《き》がする……。

「クロ……て、おれのこと？」

クロは、目《め》をぱちくりさせながら、頼《たよ》りなさそうな声《こえ》で言《い》った。

あたしは思《おも》わず、息《いき》をのむ。

「クロ、何《なに》を言《い》ってるの……」

自分《じぶん》の名前《なまえ》を忘《わす》れちゃったの？

そんなことないよね。クロはあたしの家族《かぞく》。そして、泉水神社《いずみじんじゃ》の神《かみ》さま。

とっても強《つよ》くて頼《たよ》りになって、いつだってあたしを助《たす》けてくれて……。

だけど、次《つぎ》の瞬間《しゅんかん》、クロは、信《しん》じられないことを言《い》った。

「君《きみ》……誰《だれ》？」

え——って、あたしは今度《こんど》こそ、呼吸《こきゅう》が止《と》まっちゃうんじゃないかと思《おも》った。

「クロ……あたしがわからないの？」

「わからない」

クロは困《こま》ったように首《くび》を傾《かし》げながら言《い》った。

ウソ。ウソでしょ。……その言葉《ことば》も、声《こえ》にならなかった。

だって、そんなことってある？　あたしのことを、クロが忘《わす》れてしまうなんて。

生《う》まれたときからずっと一緒《いっしょ》だったクロ。……ううん、それだけじゃない。クロ、あたしのこと、千年前《せんねんまえ》から待《ま》っていたって言《い》ってくれたじゃない。

忘《わす》れるなんて、ウソでしょ。

——だけど、クロの表情《ひょうじょう》はなんだか困惑《こんわく》したままで、ウソなんかついてないって、あたしにはわかった。

「クロ……なんで……なんでよ。あたしがわからないなんて……」

「アカリ、それどころやない」

あたしにかけよってきてハムちゃんが、真剣《しんけん》な声《こえ》で言《い》った。

「クロから霊力《れいりょく》がまるで感《かん》じられへん。ふつうの人間《にんげん》になってしもたみたいや……なんや、これ」

ハムちゃんも途方《とほう》にくれているみたいだ。

――と、がくん、とクロの体《からだ》から力《ちから》が抜《ぬ》けた。

まるで、支《ささ》えを失《うしな》った人形《にんぎょう》みたいに倒《たお》れるクロを、あたしとハムちゃんは、なんとか、床《ゆか》に激突《げきとつ》する前《まえ》に支《ささ》えた。

「クロ、クロ……！」

だけど、クロは意識《いしき》をなくしていて、動《うご》かない。

「おい、どうしたんじゃ！」

博士《はかせ》も駆《か》けよってきて、すぐにクロの首筋《くびすじ》に手《て》をあてた。脈《みゃく》を確《たし》かめてるんだ――って
わかって、あたしもすぐに、クロの心臓《しんぞう》に耳《みみ》を当《あ》てた。

トクン、トクン――って、鼓動《こどう》が感《かん》じられる。生《い》きてる。クロは、ちゃんと生《い》きてる。

それだけで、あたしは涙《なみだ》が出《で》そうだった。

「気《き》を失《うしな》っておるだけじゃ」

博士《はかせ》は、あたしを安心《あんしん》させるような口調《くちょう》で言《い》った。

うん――って、あたしはうなずいたけど……だけど、とても重大《じゅうだい》なことが起《お》きてしまったことは、もうわかっていた。
あたしは体《からだ》が震《ふる》え出《だ》すのを止《と》められなかった。

3

博士《はかせ》と相談《そうだん》し、あたしたちはとりあえず、クロを博士《はかせ》の家《いえ》のソファに寝《ね》かせた。

ずっと動《うご》かないし、意識《いしき》もないままだ。お医者《いしゃ》さんに連《つ》れて行《い》ったほうがいいのかとも思《おも》ったけれど、そもそもクロは普通《ふつう》の人間《にんげん》じゃない。普通《ふつう》の病院《びょういん》に連《つ》れて行《い》くわけにはいかないんだ。

「もしかして、パパなら……」

パパは、クロの正体《しょうたい》を知《し》っている。さらに、人間《にんげん》のお医者《いしゃ》さんでもある。クロの容態《ようだい》を見《み》てもらえるかもしれない。

そう思《おも》って、パパのスマホに連絡《れんらく》をしたけど、留守電《るすでん》になっていた。そうだよね、お医《い》者《しゃ》さんだもん、すぐにはスマホには出《で》られないよね。

でも、緊急事態《きんきゅうじたい》なんだ。できれば急《いそ》いで神社《じんじゃ》に帰《かえ》ってきてほしいって、あたしはメッセージを残《のこ》した。

「……あの刀《かたな》に呪《のろ》いがこめられておったんじゃろうな」

博士《はかせ》が神妙《しんみょう》な顔《かお》で言《い》った。

「あの一族《いちぞく》は、戦《いくさ》を好《この》み、近隣《きんりん》と戦《たたか》いばかりをくり返《かえ》しておった。結局《けっきょく》は、それで滅《ほろ》んでしまったんだが、領主《りょうしゅ》は最期《さいご》まで、あの真実《しんじつ》の泉《いずみ》があればと、泉《いずみ》の水《みず》を欲《ほ》しがっておったと伝《つた》わっている。泉《いずみ》を手《て》に入《い》れたい――その気持《きも》ちを捨《す》てられなかった。その呪《のろ》いが、テレビの映像《えいぞう》越《ご》しに、アカリちゃんを呼《よ》び寄《よ》せたのかもしれんな」

「そんな……呪《のろ》いだなんて」

悪《わる》いのは、その殿様《とのさま》のほうじゃない。神聖《しんせい》な泉《いずみ》の水《みず》を、戦《たたか》いに使《つか》おうとした。そもそも、戦《いくさ》を好《この》む一族《いちぞく》ってなんなのよ。そんなの、誰《だれ》にとったって大迷惑《だいめいわく》な人《ひと》たちじゃないの。

なんでそんな殿様《とのさま》に、クロが呪《のろ》われなきゃいけないの。

「博士《はかせ》、呪《のろ》いって、どうやったら解《と》けるんですか？　何《なに》か方法《ほうほう》が、あるんですよね？」

あたしは泣《な》きたいのをのみ込《こ》んで、博士《はかせ》に聞《き》いた。

世界《せかい》を旅《たび》してきた、いろんな神《かみ》さまのことを知《し》っている博士《はかせ》だもの、絶対《ぜったい》にわかるはず
——って信《しん》じて。

でも、博士《はかせ》は、むずかしい顔《かお》で首《くび》をふった。

「ないってことですか？」

ウソだ——そんなの。

悲鳴《ひめい》に近《ちか》い声《こえ》をあげたあたしに、博士《はかせ》はすぐに付《つ》け足《た》した。

「わからんのじゃ。じゃが、これから、あの一族《いちぞく》にかかわる古文書《こもんじょ》を徹底的《てっていてき》に調《しら》べてみる。きっと何《なに》か、手《て》がかりがあるはずじゃ」

待《ま》っていてくれ——と博士《はかせ》は言《い》った。

「はい……」

そううなずきながらも、あたしは不安《ふあん》でしょうがなかった。

あのクロが——強《つよ》くて、いつもあたしを助《たす》けてくれたクロが、呪《のろ》いに負《ま》けるなんて、そんなこと、信《しん》じられない。信《しん》じたくないよ。

そこで、あたしは思《おも》い出《だ》した。

クロが獣型《けものがた》に変身《へんしん》しようとして、うまくいかなかったこと。あのときから、もう呪《のろ》いは効果《こうか》があったってことなんだろうか。

ハムちゃんにそう言《い》ってみると、ハムちゃんはちょっと困《こま》ったような顔《かお》になった。

「何《なに》……やっぱり、そうなの？　ハムちゃんは気《き》づいていたの？」

あたしが問《と》い詰《つ》めると、ハムちゃんはとっても言《い》いにくそうに、切《き》り出《だ》した。

「アカリ……あんな。クロの力《ちから》のことやけど……クロの力《ちから》が弱《よわ》ってたのは、別《べつ》の原因《げんいん》かもしれへん」

「別《べつ》の？　いったい何《なに》」

「クロは、こないだの、倉居史也《くらいふみや》の一件《いっけん》のときに、史也《ふみや》にヤキモチ焼《や》いてたやろ」

「――うん、まあ、そうだけど」

なんで今《いま》、急《きゅう》に、そんな話《はなし》が出《で》てくるの？

「クロはな、あのとき、史也《ふみや》の心《こころ》のなかを知《し》るために、こっそり真実《しんじつ》の水《みず》を飲《の》ませたんや」

「え、あれ、ハムちゃんじゃなかったの？」

「わいと違《ちが》う。クロや。……けどな、アカリ。クロは真実《しんじつ》の泉《いずみ》を守《まも》る神《かみ》さまなんや。何《なに》か正《ただ》しいことをするためとか、誰《だれ》かの幸《しあわ》せのために泉《いずみ》の水《みず》を使《つか》うのはええ。けども、あのときのクロは自分《じぶん》の――自分《じぶん》だけのために泉《いずみ》の水《みず》を使《つか》った。そやから……真泉山《まいずみやま》が、怒《おこ》ってしもたんと違《ちが》うやろか」

「真泉山《まいずみやま》が……怒《おこ》る？」

山《やま》が怒《おこ》るって、どういうこと？

「クロは神《かみ》さまや。そやけど、もともと、真泉山全体《まいずみやまぜんたい》の霊力《れいりょく》がクロの体《からだ》に集《あつ》まって、神《かみ》さまとして成《な》り立《た》たせているようなもんなんや。あの真実《しんじつ》の泉《いずみ》は、真泉山《まいずみやま》が生《う》み出《だ》した奇跡《きせき》の泉《いずみ》やさかいな」

「それは、たしかにそうだけど……」

「わいかて、確信《かくしん》があるわけとちがう。けど、アカリはあのとき、わいに、勝手《かって》なことに泉《いずみ》の水《みず》を使《つこ》うたらアカンていうたやろ。わいは、使《つか》うのをやめた。けど、クロは、アカリにだまって、それを使《つこ》うてしもた。……姫巫女《ひめみこ》さまの意思《いし》にそむいたんや。それがクロの力《ちから》を弱《よわ》めていて……そのせいで、呪《のろ》いに負《ま》けてしもたんかも……」

「そんな。それじゃ、あたしのせいでもあるじゃない」

クロの力《ちから》を弱《よわ》めるなんて、あたしはそんなこと、望《のぞ》んでいなかった。

こんなことになるなんて、絶対《ぜったい》に、イヤだよ……。

「じゃあ……あたし、どうしたら……」

そこで、あたしのスマホが鳴《な》った。

めずらしく、電話《でんわ》だった。パパかも——と思《おも》ったら、レイちゃんからだ。

「アカリだよ、レイちゃん、何《なに》——」

「アカリ、大変《たいへん》だよ！」

レイちゃんは、らしくもなく慌《あわ》てた声《こえ》で言《い》った。

「どうしたの、何《なに》かあった？」

「あのね、さっき、泉水神社《いずみじんじゃ》の境内《けいだい》に、ものすごい竜巻《たつまき》があらわれたの。一瞬《いっしゅん》だけど。参拝客《ぱいきゃく》のいるあたりじゃなかったから、ケガ人《にん》とかは出《で》ていないんだけど……真実《しんじつ》の泉《いずみ》が大《たい》変《へん》なの」

「泉《いずみ》が？」

イヤな予感《よかん》がした。

次々《つぎつぎ》に、悪《わる》いことが起《お》きてる。今度《こんど》は何《なに》。

「真実《しんじつ》の泉《いずみ》を守《まも》っていた祠《ほこら》が、竜巻《たつまき》でふっとんじゃったの。今《いま》は、泉《いずみ》は誰《だれ》でも見《み》られるようになってるの。うちのＲＩＯ《アールアイオー》から見《み》はりはたてているから、参詣者《さんけいしゃ》は近《ちか》づけないけど、それだけじゃなくて……とにかく、一度《いちど》、見《み》に来《き》て！　今《いま》どこにいるの？　迎《むか》えの車《くるま》をいかせるから、急《いそ》いで」

「わかった」

レイちゃんの口調《くちょう》から、ただごとじゃないのが伝《つた》わってきた。

あたしは博士《はかせ》に事情《じじょう》を説明《せつめい》して、頼《たの》んだ。

「あたし、一度《いちど》帰《かえ》ります。博士《はかせ》、クロをお願《ねが》いします。どうか、呪《のろ》いを解《と》く方法《ほうほう》を見《み》つけてください」

「うむ、わかった」

クロはまだ眠《ねむ》ったままだ。

そばをはなれるのは、とてもとても心配《しんぱい》だけど、でも、あたしは泉水神社《いずみじんじゃ》の巫女《みこ》だ。神《じん》社《じゃ》のことも、放《ほう》ってはおけないんだ。

どうか、あたしがいない間《あいだ》にクロに何《なに》も起《お》こりませんように。

「アカリ、わいは行《い》くで。アカリと一緒《いっしょ》に」

ハムちゃんはそう言《い》ってくれた。今《いま》は、それがとてもうれしかった。ハムちゃんはあたしの家族《かぞく》。力《ちから》になってくれる。

「うん。じゃ、行《い》こう。ハムちゃん」

あたしは眠《ねむ》るクロのそばをはなれ、ハムちゃんを抱《だ》いて、迎《むか》えの車《くるま》を待《ま》つために外《そと》に出《で》ようとした。

「……いや、おれもいく」

そこで、声《こえ》がした。

「クロ……」

ふり返《かえ》ると、クロが身《み》を起《お》こしたところだった。

「クロ、クロ……思《おも》い出《だ》したの？　大丈夫《だいじょうぶ》？」

あたしはあわてて、クロにかけよった。

ソファに起《お》き上《あ》がったクロを、じっと見《み》つめる。——あたしのこと、覚《おぼ》えている？　アカリだよ、思《おも》い出《だ》してくれたの？

でも、クロは小《ちい》さく首《くび》をふった。

「いや、悪《わる》い。何《なに》もわからない。でも、今《いま》、君《きみ》——アカリとはなれたくない。一緒《いっしょ》にいたいんだ。そのほうがいいって、おれの心《こころ》の奥《おく》で感《かん》じる」

「クロ……」

クロがあたしを、まっすぐに見《み》つめ返《かえ》してくれている。間違《まちが》いなく、クロのまなざしだ。だけど、今《いま》のクロは弱《よわ》ってる。一緒《いっしょ》に行《い》くのは、危《あぶ》ないんじゃないのかな……。

あたしが答《こた》えを迷《まよ》っている間《あいだ》に、クロはたちあがり、あたしの頭《あたま》にぽん、と手《て》を置《お》いた。

「そんなふうに泣《な》きそうな顔《かお》をするなよ。おれはアカリに泣《な》かれると困《こま》る。アカリはおれが守《まも》らなくちゃいけないひとなのに」

「……さすがやな、クロ。いちばん大事《だいじ》なことは、呪《のろ》いをかけられてもわすれへんのやな」

ハムちゃんが、目《め》をうるうるさせながら言《い》った。

「アカリちゃん、クロ、ハムちゃん——三人《さんにん》は一緒《いっしょ》にいたほうがいい。わしもそう感《かん》じる」

博士《はかせ》も考《かんが》え込《こ》むような顔《かお》で言《い》った。

「年寄《としよ》りの言《い》うことはきくもんじゃ。特《とく》に、世界《せかい》を旅《たび》してきた物知《ものし》りの年寄《としよ》りの言《い》うことはな」

そうして、あたしたちは、三人一緒《さんにんいっしょ》に、神社《じんじゃ》に戻《もど》ることになったんだ。

4

あたしたちが真実《しんじつ》の泉《いずみ》にたどりつくと、そこはたしかに、レイちゃんが言《い》っていたように祠《ほこら》が消《き》えてしまい、むき出《だ》しの状態《じょうたい》になっていた。

「アカリ、良《よ》かった、帰《かえ》ってきてくれて――え、どうしたの、その髪《かみ》」

レイちゃんは、ＲＩＯ《アールアイオー》のみんなと一緒《いっしょ》に泉《いずみ》の見《み》はりをしていてくれたんだけど、駆《か》けつけたあたしの姿《すがた》を見《み》て、息《いき》をのんだ。

あたしが博士《はかせ》の研究所《けんきゅうじょ》で起《お》きたことを説明《せつめい》すると、レイちゃんは信《しん》じられないというように目《め》を見開《みひら》いて、クロを見《み》つめた。

「あんなにずっとアカリ一筋《ひとすじ》だったクロが、なんで。……ってことは、クロ、あたしもわからないんだよね」

「悪《わる》い、覚《おぼ》えてない」

クロは首《くび》をふった。

「――そうだよね。アカリを覚《おぼ》えてないんなら、他《ほか》の誰《だれ》のことも覚《おぼ》えてなくて当《あ》たり前《まえ》だよね」

レイちゃんはそう言《い》ったけど、レイちゃんだって、生《う》まれたときからクロはいつも近《ちか》くにいたんだ。忘《わす》れられたってことが、ショックじゃないはずがない。

でも、あたしの前《まえ》では、そんな様子《ようす》は見《み》せない。そういうところがレイちゃんのやさしさなんだ。

アカリ――って、レイちゃんは一《ひと》つ深呼吸《しんこきゅう》をして自分《じぶん》を落《お》ち着《つ》かせたあと、言《い》った。

「泉《いずみ》のことなんだけど……見《み》た目《め》はこんな感《かん》じなんだ。水《みず》の様子《ようす》とか色《いろ》とか、変《か》わってないでしょ」

「うん。そう見《み》える」

「けどね。近《ちか》づこうとすると……」

レイちゃんが目《め》でうながす。

あたしは、そっと泉《いずみ》に向《む》かって足《あし》を踏《ふ》み出《だ》した。

「わっ……」

悲鳴《ひめい》が、あたしの口《くち》から飛《と》びだした。

泉《いずみ》に近《ちか》づいたとたん、びりびりってしびれるような感《かん》じがあって、はじきとばされたんだ。

「そばにいけない……なんで？」

おどろいて、あたしはあらためて泉《いずみ》のまわりをじっと見《み》てみた。何《なに》か、変《か》わったことがないか――。

「あ、あそこ。あの刀《かたな》――」

あたしは指《ゆび》さして叫《さけ》んだ。

あのとき、研究所《けんきゅうじょ》から消《き》えた刀《かたな》が、泉《いずみ》の脇《わき》に落《お》ちていた。

その刀《かたな》から、何《なに》かまがまがしい結界《けっかい》みたいなものがはられているのが見《み》える。

「刀《かたな》――どこに？」

でも、それは、レイちゃんや他《ほか》のひとには見《み》えないみたいだった。

「クロとハムちゃんは、見《み》える？」

「見《み》えるで」

「……ああ、見《み》える」

その答《こた》えに、あたしはほっとした。

刀《かたな》はたしかにそこにあるんだ。あたしだけに見《み》えるまぼろしじゃない。

それに、クロはただの人間《にんげん》になっちゃったわけじゃない。泉水神社《いずみじんじゃ》を守《まも》ってきた神《かみ》さまとしての力《ちから》、少《すこ》しは残《のこ》っているんだ。——記憶《きおく》はなくなったとしても。

でも、その刀《かたな》と結界《けっかい》は、まるで呪《のろ》いの刀《かたな》が、これはオレの泉《いずみ》だ——って、そう宣言《せんげん》しているように、あたしには感《かん》じられた。

あの刀《かたな》をなんとかしないと、泉《いずみ》には近《ちか》づけないんだ。

だけど、刀《かたな》にだって近《ちか》づけない……。

クロも手《て》を伸《の》ばしてみたけれど、あたしと同《おな》じだった。はじきとばされてしまう。

ハムちゃんも、そうだった。

誰《だれ》も、泉《いずみ》と刀《かたな》に近《ちか》づけない。

「呪《のろ》いの刀《かたな》が泉《いずみ》の水《みず》を手《て》に入《い》れたんだとしたら……このさき、何《なに》か、よくないことに水《みず》が使《つか》われるかもしれない……」

あたしはつぶやいた。

だって、戦《たたか》いのために泉《いずみ》の水《みず》を欲《ほ》しがった殿様《とのさま》の刀《かたな》だ。その執念《しゅうねん》が、千年《せんねん》たった今《いま》、この世界《せかい》に悪《わる》いことを引《ひ》き起《お》こすんじゃないだろうか。

「とりあえず、ＲＩＯ《アールアイオー》のメンバーで、泉《いずみ》は交代《こうたい》で見《み》はります。よその人《ひと》を近《ちか》づけたりはしませんから、安心《あんしん》してください、アカリさん」

「そうだよ、アカリ、こういうときはうちを頼《たよ》ってね。うちと泉水神社《いずみじんじゃ》は、お互《たが》いに支《ささ》え合《あ》って生《い》きてきたんだからね。何百年《なんびゃくねん》も」

ＲＩＯ《アールアイオー》の隊長《たいちょう》も、レイちゃんも、そう言《い》ってくれた。

伝説《でんせつ》によると、千年前《せんねんまえ》、悪《わる》い殿様《とのさま》が泉《いずみ》の水《みず》をほしがったとき、泉《いずみ》を守《まも》ろうとした村人《むらびと》たちのリーダーだったのが、藤ヶ崎家《ふじがさきけ》のご先祖様《せんぞさま》だったそうだ。

もうずっとずっと昔《むかし》から、藤ヶ崎家《ふじがさきけ》と泉水神社《いずみじんじゃ》は切《き》っても切《き》れない仲《なか》なんだ。

「ありがとう。お願《ねが》いします」

あたしはＲＩＯ《アールアイオー》とレイちゃんに深《ふか》く頭《あたま》をさげた。


その後《ご》、あたしは一時的《いちじてき》に泉水神社《いずみじんじゃ》を参拝中止《さんぱいちゅうし》にした。拝殿《はいでん》の屋根《やね》に危険《きけん》な箇所《かしょ》が見《み》つかって、急《いそ》いで工事《こうじ》をするから——っていう理由《りゆう》をつけた。

とにかく、この呪《のろ》いをなんとかするまでは、一般《いっぱん》の人《ひと》を近《ちか》づけるわけにはいかない。

それに、今《いま》は、クロが記憶《きおく》をなくしてしまっていて、神主《かんぬし》の仕事《しごと》もできない。

パパは、いったいどこで何《なに》をしているのか、連絡《れんらく》がないままだった。せめてパパが帰《かえ》ってきてくれたら、心強《こころづよ》いのに。

クロは、記憶《きおく》がなくても、ふつうに神社《じんじゃ》で生活《せいかつ》をしていた。

あたしにはいつもどおりにやさしくて、記憶《きおく》がないことに悩《なや》んだりもせず、明《あか》るく過《す》ごしてる。料理《りょうり》の仕方《しかた》だってちゃんと覚《おぼ》えていて、焼《や》いてくれたフレンチトーストはやっぱりおいしかった。

本人《ほんにん》が知《し》りたがったから、あたしはクロに、クロがいったい何者《なにもの》なのか、説明《せつめい》をした。聞《き》いたって信《しん》じられないだろうと思《おも》ったけれど、クロはすなおにうなずいた。

「なるほど。おれ、神《かみ》さまなのか。なんか、この神社《じんじゃ》のこと、すごくなつかしいもんなあ。体《からだ》になじんでるって気《き》がする」

「そりゃ、千年《せんねん》も住《す》んでいたわけだし……」

「千年《せんねん》か。すげえな。おれ、千年《せんねん》の間《あいだ》、ずっとアカリのこと好《す》きだったのか」

「え、いや、それは、その……」

そんなこと、まっすぐに視線《しせん》をあわせながら言《い》われたら、どうしたらいいかわかんなくなっちゃう。

「……でも、クロは、あたしのこと覚《おぼ》えていないんでしょ……？」

好《す》きもなにもないじゃない、ってあたしは思《おも》ったんだけど、クロは、けろりとして言《い》った。

「千年《せんねん》て長《なが》いよ。もとのおれだって、いくら神《かみ》さまでも、毎日《まいにち》、毎年《まいとし》、全《すべ》てのことを覚《おぼ》えていたわけじゃないんじゃないかな。だけど、おれはきっと、ずっと、どんなときも、目《め》の前《まえ》にいるアカリが好《す》きだった。それの積《つ》み重《かさ》ねが記憶《きおく》。——だったら、今《いま》から積《つ》み重《かさ》ねていっても同《おな》じじゃないかな」

「……そんなかんたんに言《い》われても……」

記憶《きおく》って、そういうもの？　それで納得《なっとく》できる？

だって、あたしはずっと、それで悩《なや》んでいたんだよ。

あたしには千年前《せんねんまえ》の姫巫女《ひめみこ》の記憶《きおく》がない。……ってことは、千年前《せんねんまえ》にクロが好《す》きだった姫巫女《ひめみこ》とは別人《べつじん》だってことじゃないの、って。

そうじゃないのかな。

だけど、そばにいたレイちゃんが、言《い》った。

「なるほど、その通《とお》りかもね」

レイちゃんは感心《かんしん》したみたいに言《い》った。

「千年《せんねん》じゃなくてもさ。たった十三年《じゅうさんねん》でも、毎日《まいにち》、全部《ぜんぶ》のことなんて覚《おぼ》えてないもんね。あたしが生《う》まれてから、アカリと一緒《いっしょ》にすごした時間《じかん》のこと。子供《こども》のころのことなんか、たっくさん忘《わす》れちゃってる。それでも、あたしとアカリが過《す》ごした時間《じかん》が消《き》えたわけじゃないし、あたしがずっとアカリの親友《しんゆう》だったってことにまちがいはない」

「そう、だね……たしかに、そうかも」

「おい、アカリ、なんだよ。おれの言《い》うことより、レイの言《い》うことならきくのか？」

クロがすねたように、口《くち》をとがらせる。——やだ、なんか、そんなヤキモチ焼《や》きのところも、やっぱりもともとのクロだ。

クスっと笑《わら》ったあたしに、クロは安心《あんしん》したようだった。

「大丈夫《だいじょうぶ》だって。ちゃんと記憶《きおく》もとり戻《もど》す。おれを信《しん》じろ、アカリ」

「……うん」

そうなるといい。そうなるって、あたしは信《しん》じる。

ただ、やっぱりそのために必要《ひつよう》なのって、あの刀《かたな》の呪《のろ》いを解《と》くことだと思《おも》うんだ。いったい、どうしたらいいの……。

博士《はかせ》はいま、研究所《けんきゅうじょ》に残《のこ》って、呪《のろ》いについての古文書《こもんじょ》を調《しら》べてくれているはず。何《なに》か、手《て》がかりが見《み》つかるといいんだけど。

5

次《つぎ》の日《ひ》の夕方《ゆうがた》、博士《はかせ》が神社《じんじゃ》にやってきた。

「ずっと徹夜《てつや》で調《しら》べておったんじゃ」

そう言《い》った博士《はかせ》は目《め》が真《ま》っ赤《か》で服《ふく》もよれよれ、ホントに必死《ひっし》で調《しら》べてくれたんだなあって、一目《ひとめ》でわかる感《かん》じだった。

あたしとクロとハムちゃん、それから、あの日《ひ》からずっと、あたしにつきそってくれているレイちゃんも、一緒《いっしょ》に話《はなし》を聞《き》いた。

「泉《いずみ》を手《て》に入《い》れようとして失敗《しっぱい》した殿様《とのさま》は、命《いのち》を落《お》とす際《さい》に、泉《いずみ》を封印《ふういん》した姫巫女《ひめみこ》とオオカミを恨《うら》み、呪《のろ》いをかけた。その呪《のろ》いは、姫巫女《ひめみこ》が復活《ふっかつ》し、オオカミと再会《さいかい》したときに効《こう》力《りょく》をあらわすようにしかけられた。——そう、文献《ぶんけん》には書《か》かれておった。そして、呪《のろ》いはじょじょにオオカミの命《いのち》をむしばみ、やがて命《いのち》をうばうであろうと……」

「そんな……」

あたしは思《おも》わず声《こえ》をあげた。

「そんなのひどい。ただの逆恨《さかうら》みじゃない。そもそも殿様《とのさま》が泉《いずみ》を欲《ほ》しがらなかったら、姫《ひめ》巫女《みこ》だって死《し》ななくて済《す》んだ。オオカミと一緒《いっしょ》に幸《しあわ》せに暮《く》らしてたのに」

「そうじゃのう。しかし、己《おのれ》の望《のぞ》みの通《とお》りにならなければ納得《なっとく》できない、邪魔《じゃま》をしたものを許《ゆる》せない——そういう人間《にんげん》もいるものなんじゃよ」

「それで、博士《はかせ》、呪《のろ》いを解《と》く方法《ほうほう》はどうなの？　見《み》つかったの？」

レイちゃんが冷静《れいせい》な声《こえ》で聞《き》いた。

「それについても、わかったことがある」

「何《なに》。なんでもするから、教《おし》えて」

あたしは必死《ひっし》にたずねた。

「それがのう……必要《ひつよう》なものがあるんじゃが……」

「なんなの」

「姫巫女《ひめみこ》の持《も》つ金色《きんいろ》の矢《や》なんじゃ」

「金色《きんいろ》の矢《や》……」

泉《いずみ》の封印《ふういん》に使《つか》われていたヤツだ。そして、封印《ふういん》が解《と》かれたあと、あたしの髪《かみ》がのびて、その一房《ひとふさ》のなかに吸《す》い込《こ》まれた。その後《ご》は、あたしが使《つか》おうと思《おも》うと、髪《かみ》のなかから自然《しぜん》にあらわれた。

だけど、今《いま》、あたしの髪《かみ》は短《みじか》くなっちゃってる！

「そんな……その矢《や》、今《いま》はどこにあるの」

「わからんのじゃ……」

お手上《てあ》げじゃ……というように博士《はかせ》は首《くび》をふった。

「いやだよ、そんなの。クロが……」

クロを助《たす》ける方法《ほうほう》がないなんて。あたしには、何《なに》もできないなんて。

「アカリ、泣《な》かないで。何《なに》か方法《ほうほう》をさがそう。諦《あきら》めちゃダメだよ」

レイちゃんがあたしを抱《だ》きしめて、なぐさめてくれた。

「せや。なんとかなる。呪《のろ》いなんかに、負《ま》けヘンで！」

ハムちゃんもそう言《い》ってくれた。

「……おれがこのまま弱《よわ》って死《し》んだとして……呪《のろ》いはそれで終《お》わるのか？」

クロが、博士《はかせ》にそう尋《たず》ねた。

「どういうことじゃ？」

「呪《のろ》いは姫巫女《ひめみこ》には影響《えいきょう》しないのかってことだよ。おれだけが死《し》ねば、それでいいのか？

それとも、アカリにも何《なに》かあるのかよ。おれにとっては、それが何《なに》より大事《だいじ》なんだよ！」

クロは博士《はかせ》に詰《つ》めよった。

「それは……わからんのじゃ。古文書《こもんじょ》をかき集《あつ》めてみたんじゃが、ところどころ、すでに失《うしな》われておってのう……」

博士《はかせ》はつらそうに首《くび》をふった。

「おれが死《し》んで、それですむなら……」

そうつぶやいたクロは、同時《どうじ》に、ぐらっと足下《あしもと》をふらつかせた。そのまま、倒《たお》れそうになるのを、なんとか、踏《ふ》みとどまる。

そして、強気《つよき》な笑顔《えがお》をあたしに向《む》けた。

「大丈夫《だいじょうぶ》だ、アカリ。おれのことなら、心配《しんぱい》ねえから。なんとかする。アカリはただ、おれに守《まも》られてればいいんだ……」

その言葉《ことば》は、だけど、震《ふる》えていた。クロにだってわかっているんだ。このままじゃ、何《なに》もかもダメになっちゃうってことが。

「ダメだよ。そんなの。あたしは……あたしたちは、真実《しんじつ》の泉《いずみ》を守《まも》る姫巫女《ひめみこ》と、その姫巫《ひめみ》女《こ》を守《まも》る泉水神社《いずみじんじゃ》の神《かみ》さまなんだよ。泉《いずみ》を戦《いくさ》に使《つか》おうとした殿様《とのさま》の呪《のろ》いに負《ま》けて、それで終《お》わりなんて、絶対《ぜったい》にダメだよ」

「そうじゃな」

博士《はかせ》もうなずいた。

「神社《じんじゃ》にも、何《なに》か古《ふる》い書物《しょもつ》や巻物《まきもの》があるじゃろ。調《しら》べさせてくれんか。方法《ほうほう》が見《み》つかるかもしれん」

「うん。あたしも手伝《てつだ》う。博士《はかせ》、お願《ねが》い」

あたしたちは神社《じんじゃ》じゅうくまなく、どこかに古《ふる》い文献《ぶんけん》がしまわれていないか、さがしまわった。

蔵《くら》のなかのホコリにまみれた木箱《きばこ》や、天井裏《てんじょううら》にほったらかしになっていた、昔《むかし》の段《だん》ボール箱《ばこ》。開《あ》けてみて、古《ふる》い本《ほん》や紙《かみ》の束《たば》が見《み》つかったら、何《なに》が書《か》いてあるのか、たしかめてみる。

昔《むかし》の文字《もじ》はむずかしくて、あたしにはとても読《よ》めなかったけど、なぜかクロは読《よ》めるみたいだった。

「そういうところは記憶《きおく》があるんだなあ、おれ」

笑《わら》ってそう言《い》ったクロの言葉《ことば》は、あたしには希望《きぼう》になった。クロは何《なに》もかもわすれたわけじゃない。呪《のろ》いに負《ま》けっぱなしじゃないんだ。

「わいも、読《よ》めるで」

もともと鎌倉時代《かまくらじだい》の木彫《きぼ》りのネズミであるところのハムちゃんも、しっかり、参加《さんか》してくれた。さらに、藤ヶ崎家《ふじがさきけ》でも、「藤ヶ崎家《ふじがさきけ》に代々伝《だいだいつた》わる古文書《こもんじょ》も調《しら》べましょう」と、応《おう》援《えん》してくれた。

パパなら何《なに》か知《し》ってるかも、と思《おも》って、あたしは何度《なんど》もパパに連絡《れんらく》をしたけれど、つながらなかった。……もう、こんな大事《だいじ》なときに、何《なに》をしてるの、パパってば。

二日《ふつか》がたち、三日《みっか》がたった。

あたしは、家族《かぞく》が病気《びょうき》で付《つ》き添《そ》いをしなきゃいけないんです——っていう理由《りゆう》で、学校《がっこう》も休《やす》んで、クロのそばからはなれなかった。

昔《むかし》の文字《もじ》は読《よ》めなくても、あたしは巫女《みこ》だ。たぶん——霊力《れいりょく》だって、それなりにある、はずだ。一緒《いっしょ》に古文書《こもんじょ》を見《み》ていたら、何《なに》かわかることがあるかもしれない。

だけど、手《て》がかりはなかった。

そのうち、クロの顔色《かおいろ》がどんどん悪《わる》くなっていっているのに、あたしは気《き》づいた。

このままじゃ、クロは本当《ほんとう》に、呪《のろ》いに負《ま》けてしまうかもしれない。

「なあ、アカリ。もしさ……おれがいなくなってもさ」

四日目《よっかめ》の夕方《ゆうがた》だった。

ふいにクロはそんなことを言《い》った。

「いやだ、聞《き》きたくない」

「いいから聞《き》けって。おれはさ、アカリが幸《しあわ》せになるのを何《なに》よりも願《ねが》ってるよ。この神社《じんじゃ》を守《まも》って、親父《おやじ》さんや、レイやミドリやハムと……博士《はかせ》ともさ、仲良《なかよ》く過《す》ごして……そして、いつか、またどこかで真《ま》っ黒《くろ》い犬《いぬ》と出会《であ》うことがあったら、そいつのこと、家族《かぞく》にしてやってよ。クロって名前《なまえ》にして」

「いや！」

あたしは大声《おおごえ》で言《い》った。

「クロはクロだけだよ。あたしにとって、たった一人《ひとり》のクロだよ!」

なんてこと言《い》うのよ——って、あたしは涙《なみだ》があふれてとまらなくなった。

クロはあたしの家族《かぞく》。ずっと一緒《いっしょ》だった、大好《だいす》きなおっきな愛犬《あいけん》。——それだけじゃないよ。あたしのこと、アカリ——ってやさしく呼《よ》んでくれる、大事《だいじ》なひとだよ。

あたし、クロのいない人生《じんせい》なんて、考《かんが》えられない。

「アカリ……」

「クロのばか、そんなひどいこと言《い》うなんて、ばかばか……」

今《いま》いちばんつらいのはあたしじゃなくて、クロだ。命《いのち》があぶないって言《い》われているクロのほうがつらいに決《き》まってる。

そうわかってはいても、あたしはクロの言葉《ことば》にやさしくうなずいてみせる——なんて、絶対《ぜったい》にできなかった。

だって、クロがほんとにばかなことを言《い》うんだもん。

あたしがどれだけクロが大事《だいじ》か、何《なに》もわかってないみたいに……。

「アカリ……」

クロが困《こま》った顔《かお》になる。そんな顔《かお》、させたいわけじゃないのに。

でも、あたし……。

「クロがいなくなるなんて、あたしはぜったいにみとめないから！」

心《こころ》の底《そこ》からの思《おも》いが、言葉《ことば》になって飛《と》びだした。

そして、もういてもたってもいられなくなって、あたしは泉《いずみ》に向《む》かって走《はし》った。

問題《もんだい》は、あの呪《のろ》いの刀《かたな》なんだ。あれをこわすことができたら、なんとかなる。

あたしだって、この神社《じんじゃ》の神主《かんぬし》の娘《むすめ》なんだ。姫巫女《ひめみこ》の生《う》まれ変《か》わりだって言《い》われてるんだ。何《なに》もできないはずないよ。

そう思《おも》い、あたしは泉《いずみ》に行《い》って、刀《かたな》に手《て》をのばそうとした。

結界《けっかい》みたいなものにはじきとばされても、何度《なんど》も何度《なんど》も、手《て》をのばそうとした。

何度《なんど》も地面《じめん》に転《ころ》がされて、傷《きず》だらけになって、泥《どろ》だらけになっても、何度《なんど》も。

「アカリ――何《なに》をしてるんだ！」

声《こえ》が聞《き》こえた。

クロが気《き》がついて、追《お》いかけてきてくれたんだ。

「なんてムチャを……」

あたしの両手《りょうて》をにぎり、その手《て》が傷《きず》だらけになっているのを見《み》たとたん、クロの瞳《ひとみ》にゆらりと光《ひかり》が宿《やど》った気《き》がした。

「よくもおれの姫巫女《ひめみこ》に……」

クロのはげしいまなざしが、刀《かたな》に向《む》けられた。

刀《かたな》が震《ふる》えたように見《み》えた。

あたしはハッとした。

もしかしたら、なんとかなるかもしれない。

あたしはクロと手《て》を重《かさ》ねるようにして、思《おも》いきり、刀《かたな》に向《む》けて手《て》を伸《の》ばす。

二人《ふたり》の力《ちから》をあわせたら、こんな刀《かたな》の結界《けっかい》くらい、きっと破《やぶ》れる！

「負《ま》けないんだから……！」

あたしはそう叫《さけ》び、クロの手《て》を握《にぎ》りしめて、刀《かたな》をにらんだ。

泉《いずみ》の水《みず》を戦《たたか》いにつかおうとした悪《わる》い殿様《とのさま》なんかに――クロの大事《だいじ》な姫巫女《ひめみこ》さまを死《し》なせた悪《わる》いやつなんかに、あたしたちは負《ま》けないんだ。

あたしたちがここで呪《のろ》いに負《ま》けたら、千年《せんねん》の間《あいだ》、泉水神社《いずみじんじゃ》が泉《いずみ》の封印《ふういん》を守《まも》り続《つづ》けてきたことも、みんなムダになっちゃう。

「消《き》えろ、呪《のろ》いの力《ちから》め――！」

クロが叫《さけ》んだ。

刀《かたな》がもう一度《いちど》、ブルッと震《ふる》えた。

呪《のろ》いの力《ちから》が揺《ゆ》らいだ？

――そう期待《きたい》した、その瞬間《しゅんかん》だった。

ブワーッと黒《くろ》い霧《きり》のような渦《うず》が、刀《かたな》からたちのぼった。

と同時《どうじ》に、刀《かたな》がふわりと宙《ちゅう》に浮《う》く。

そして、泉《いずみ》の真上《まうえ》でぴたりと止《と》まった。まるで、泉《いずみ》は自分《じぶん》のものだって宣言《せんげん》するように。

じわじわと、泉《いずみ》の水《みず》が黒《くろ》く濁《にご》っていく。

「な、なんだ……」

クロがうろたえたように叫《さけ》ぶ。

あたしも、かすれた声《こえ》でつぶやいた。

「ウソ……」

呪《のろ》いの力《ちから》、逆《ぎゃく》に強《つよ》くなったんじゃないの、これ。

クロが、うっとうめいて、地面《じめん》に膝《ひざ》をついた。青《あお》い顔《かお》で、ぜえぜえと苦《くる》しそうに息《いき》をしている。

「クロ、クロ――しっかりして！」

だけど、クロはもう、あたしに答《こた》える力《ちから》もないみたい。

あたしたち二人《ふたり》をあざわらうみたいに、刀《かたな》は空中《くうちゅう》で震《ふる》え続《つづ》ける。――まるで、刀《かたな》の本当《ほんとう》の力《ちから》がめざめたかのように。

「……あいつ、呪《のろ》い殺《ころ》したい相手《あいて》が目《め》の前《まえ》でジタバタしてんのが、そんなにうれしいのかよ、くそ……」

クロがくやしそうに地面《じめん》をこぶしでたたく。

どうしよう。

でも、もう、あたしたちにできることなんか、思《おも》いつかない。

あたしはクロの体《からだ》にすがりつき、目《め》を閉《と》じた。

クロ……あたしたち、がんばったのに。

なのに、勝《か》てないなんて。こんな呪《のろ》いに負《ま》けるなんて……こんなのって、あんまりだよ。

と、そのときだった。

ふと、なつかしくて、あたたかい気配《けはい》を、あたしは背中《せなか》に感《かん》じた。

その気配《けはい》は、どんどん近《ちか》づいてくる。

あたしたちを抱《だ》きしめるような力強《ちからづよ》さとともに。

——これって、もしかして……。

あたしは、ふり返《かえ》った。

6

「――パパ！」

その姿《すがた》を見《み》た瞬間《しゅんかん》、あたしは叫《さけ》んでいた。

帰《かえ》ってきてくれたんだ！

パパは神職《しんしょく》の姿《すがた》で、手《て》には大幣《おおぬさ》を持《も》っていた。神《かみ》さまにお祈《いの》りをするとき、けがれをはらうために使《つか》う、白木《しらき》の棒《ぼう》に白《しろ》い麻《あさ》をつけた神具《しんぐ》だ。

パパが泉《いずみ》と刀《かたな》をにらむように立《た》ち、その大幣《おおぬさ》をばさりと振《ふ》る。

「はらいたまえ、きよめたまえ――！」

その言葉《ことば》とともに、呪《のろ》いの刀《かたな》の震《ふる》えが、びくっとしたみたいに、止《と》まった。

同時《どうじ》に、パパが身《み》にまとうあたたかな気配《けはい》が大《おお》きな力《ちから》になって、がしっとあたしたちを後《うし》ろから支《ささ》えてくれるのがわかった。

パパが――この神社《じんじゃ》の本当《ほんとう》の神主《かんぬし》が、帰《かえ》ってきてくれたんだ。

「パパ、パパ、ずっと待《ま》ってたんだよ！」

あたしは思《おも》わず、泣《な》き声《ごえ》になってパパを呼《よ》ぶ。

「アカリ、すまない、離島《りとう》の病院《びょういん》に行《い》っていて、帰《かえ》ってくるのに時間《じかん》がかかってしまった」

「……おやじ、どの……」

クロも顔《かお》をあげ、パパを見《み》た。

「――私《わたし》たちは千年《せんねん》の間《あいだ》、この真実《しんじつ》の泉《いずみ》を守《まも》ってきた」

パパは呪《のろ》いの刀《かたな》を正面《しょうめん》から見《み》すえながら言《い》った。

「邪気《じゃき》などにのみ込《こ》まれはしない。呪《のろ》いなど、かならず、はねかえしてみせる！」

パパの強《つよ》い言葉《ことば》に、呪《のろ》いの結界《けっかい》がゆらりとゆがんだのが見《み》えた気《き》がした。

そうだ。今《いま》だ。

「クロ！」

「おう……」

あたしとクロも、もう一度《いちど》、手《て》を固《かた》く握《にぎ》りあって、想《おも》いのすべてを刀《かたな》にぶつけるつもりで祈《いの》る。

「あたしたちの泉《いずみ》を返《かえ》して――！」

――だけど。

それでも、結界《けっかい》は破《やぶ》れなかった。

刀《かたな》はまだ、泉《いずみ》を黒《くろ》い霧《きり》で覆《おお》ったままだ。

「なんて強力《きょうりょく》な呪《のろ》いだ……」

パパの声《こえ》にも、あせりが感《かん》じられる。

パパでもムリだなんて……。

今度《こんど》こそ、すべての希望《きぼう》が消《き》えた――って、あたしは思《おも》いそうになった。

「アカリ、これを使《つか》って――！」

そこで、レイちゃんの声《こえ》がした。

ふり向《む》くと、レイちゃんだけでなく、大勢《おおぜい》がこっちに走《はし》ってくるのが見《み》えた。

ミドリや、RIO《アールアイオー》のみんな、レイちゃんのパパとママもいる。そして、それぞれが、手《て》に何《なに》かを持《も》っていた。

なに、いったい、なにごと……。

「レイちゃん、それって……」

「近《ちか》くの神社《じんじゃ》をかけまわって、ありとあらゆる破魔矢《はまや》をゆずってもらってきたの。アカリの金色《きんいろ》の矢《や》のかわりにならないかって思《おも》って」

「破魔矢《はまや》……」

確《たし》かに同《おな》じ矢《や》ではあるし、神社《じんじゃ》になら、たいてい置《お》いてあるよね。けど……。

ためらうあたしに、レイちゃんは言《い》った。

「クロが前《まえ》に言《い》っていたでしょ。近《ちか》くの神社《じんじゃ》の神《かみ》さまとは仲良《なかよ》くしているんだ、って。だから、お参《まい》りして頼《たの》んできたんだ。クロを助《たす》けて——って。みんなクロの味方《みかた》だよ。きっと助《たす》かるよ」

……そう言《い》って差《さ》し出《だ》された破魔矢《はまや》はホントにたくさんあった。両手《りょうて》に抱《かか》えきれないくらい。

「SNS《エスエヌエス》でも呼《よ》びかけましたから、遠《とお》くの神社《じんじゃ》からも応援《おうえん》がありました」

「この神社《じんじゃ》を大事《だいじ》に思《おも》っているみんなが応《こた》えてくれました」

そう言《い》ったのは、RIO《アールアイオー》でいつもお世話《せわ》になっている藤ヶ崎家《ふじがさきけ》の人《ひと》たちだ。

だから、こんなにたくさんあるんだ。

クロ――人気者《にんきもの》だもんね。

それがちょっとイヤだなって思《おも》うときもあるけど、今《いま》はうれしい。みんな、クロが大好《だいす》きなんだよ。

――ただね、問題《もんだい》が一《ひと》つ。

この破魔矢《はまや》、どうしたらいいわけ。

一本《いっぽん》ずつ、刀《かたな》に投《な》げつける？　それとも、全部一緒《ぜんぶいっしょ》に？

そんなんで、いいものかな……？

あたしが途方《とほう》にくれかけた、そのときだった。

あたしの手《て》に触《ふ》れたすべての矢《や》が、きらり、と金色《きんいろ》に光《ひか》り始《はじ》めた。そして、その光《ひかり》のなかで、一《ひと》つの矢《や》になっていく。

多《おお》くの矢《や》が、姿《すがた》を変《か》え——そうして、新《あたら》しい一本《いっぽん》の黄金《おうごん》の矢《や》が生《う》まれた。

あたしの手《て》の中《なか》で、かがやいている。

同時《どうじ》に、あたしのまわりでざわりと風《かぜ》が木々《きぎ》をゆらした。その矢《や》を使《つか》え——そう、山全《やまぜん》体《たい》がささやいているように。

「うん、わかった。——でも」

弓《ゆみ》がない……。

あたしのとまどいを察《さっ》したように、

「弓《ゆみ》ならここにある」

声《こえ》が聞《き》こえた。

神社《じんじゃ》の蔵《くら》のなかで、何日《なんにち》も文献《ぶんけん》を読《よ》み続《つづ》けていたはずの博士《はかせ》が、みんなの後《うし》ろから、はあはあと息《いき》を切《き》らしながら駆《か》けてくるのが見《み》えた。

博士《はかせ》の肩《かた》にはハムちゃんが乗《の》っていて、

「さっき、ハムちゃんがいきなり、研究所《けんきゅうじょ》でアカリちゃんを呼《よ》んでいる仲間《なかま》がいる――と言《い》いだしたんじゃよ。どういうことだか不思議《ふしぎ》に思《おも》ったんじゃが、他《ほか》ならぬハムちゃんの言《い》うことじゃ。でたらめとは思《おも》えん。あわてて研究所《けんきゅうじょ》に帰《かえ》ってみたところ、この神像《しんぞう》が光《ひか》っておった」

そう言《い》いながら博士《はかせ》が両手《りょうて》に抱《だ》きかかえるようにして差《さ》し出《だ》したのは、博士《はかせ》の家《いえ》で見《み》た、あのオオカミに似《に》た神《かみ》さまの木像《もくぞう》だった。

「この像《ぞう》、あのとき、あたしのほうに倒《たお》れてきて……」

そして、弓《ゆみ》が落《お》ちて、あたしはこの神《かみ》さまの像《ぞう》に返《かえ》そうとしたんだ。だけど、なぜか、返《かえ》さなくていい――って言《い》うように、受《う》けとるのを拒《こば》まれたようにも感《かん》じて……。

「あのときから、今《いま》のこの状況《じょうきょう》を、予知《よち》していたの、オオカミの神《かみ》さま？」

そう言《い》うと、神《かみ》さまの目《め》が、キラリって光《ひか》った気《き》がした。そうだよ――って言《い》うみたいに。

そっか。クロ。ここにもクロの味方《みかた》がいたよ。

あたしが手《て》をさしのべると、まるで、待《ま》っていたかのように、木像《もくぞう》の手《て》から、弓《ゆみ》があたしの手《て》のなかに飛《と》び込《こ》んできた。

あたしは弓《ゆみ》をかまえ、黄金《おうごん》の矢《や》をつがえる。

「おれも一緒《いっしょ》だ」

クロが、あたしの手《て》に自分《じぶん》の手《て》を重《かさ》ねた。

——その瞬間《しゅんかん》、だった。

あたしの目《め》の前《まえ》を、ざあああっと景色《けしき》が流《なが》れていった。

それは遠《とお》い昔《むかし》——まだこの町《まち》に、アスファルトの道路《どうろ》もコンクリートのビルもなかったころの景色《けしき》だ。

山《やま》の小川《おがわ》で水《みず》をくみ、畑《はたけ》をたがやして食《た》べ物《もの》を作《つく》り、自然《しぜん》のめぐみに感謝《かんしゃ》してひとびとが暮《く》らしていた時代《じだい》。

あたしはそんな村《むら》に生《い》きていて、あたしのそばには、いつも、黒々《くろぐろ》とつやめいた毛皮《けがわ》をもった、りりしいオオカミが寄《よ》りそっていた。

あたしは姫巫女《ひめみこ》さまと呼《よ》ばれ、小《ちい》さな泉《いずみ》を守《まも》る役目《やくめ》を、村《むら》の人《ひと》たちからまかされていた。

いつも笑顔《えがお》を向《む》けてくれる村《むら》のひとたちと、つねにあたしによりそって守《まも》ってくれるオオカミのクロ。

あたしの日々《ひび》は、とてもおだやかで幸《しあわ》せだった。

だから、その幸《しあわ》せが、ある日《ひ》、武器《ぶき》を持《も》った兵《へい》たちの足音《あしおと》によって壊《こわ》されたとき、胸《むね》が張《は》り裂《さ》けそうな悲《かな》しみを感《かん》じたんだ。

なぜなら、あたしはわかっていたから。

この真実《しんじつ》の泉《いずみ》を悪用《あくよう》しようとする者《もの》があらわれたら、あたしは命《いのち》と引《ひ》き換《か》えに泉《いずみ》を封印《ふういん》する。それが、あたしの宿命《しゅくめい》なんだ――って。

迷《まよ》いはなかった。

村《むら》のひとたちの平和《へいわ》な暮《く》らしを守《まも》るためなら、命《いのち》を差《さ》し出《だ》すこともこわくなかった。

でも、それでも、悲《かな》しかったのは、そこに別《わか》れがあったから。

クロ――いつも一緒《いっしょ》だったのに、もう、ともに生《い》きてはいけない。それが――それだけが悲《かな》しくて、だから、あたしはクロに言《い》ったんだ。

千年《せんねん》の後《のち》、今度《こんど》は同《おな》じ人間《にんげん》として生《う》まれ、寄《よ》りそって生《い》きましょう――。

(そうだ、あれは間違《まちが》いなく、あたし自身《じしん》の心《こころ》だった――)

泉《いずみ》アカリとして生《う》まれ、クロをイヌと信《しん》じて過《す》ごしてきた今《いま》のあたしも、あの日《ひ》、泣《な》きながらクロと別《わか》れた千年前《せんねんまえ》のあたしも、どっちもあたし。あたしなんだ。

「アカリ。おれは、アカリと一緒《いっしょ》に泉《いずみ》を守《まも》る。アカリを死《し》なせない。泉《いずみ》も悪《わる》いやつらにはわたさない。――この真泉山《まいずみやま》に誓《ちか》う。真実《しんじつ》の泉《いずみ》を守《まも》るのが、おれの役目《やくめ》だ。今度《こんど》こそ――」

クロが言《い》った。

「うん。――今度《こんど》こそ」

あたしは弓《ゆみ》を引《ひ》き絞《しぼ》る。

とたん、真泉山《まいずみやま》の風《かぜ》が、ぐおお、とうなりをあげた。それはあたしたちに、行《い》け――って言《い》っているように聞《き》こえた。

ハッとクロが顔《かお》をあげて、山《やま》の木々《きぎ》を仰《あお》ぐ。

「……許《ゆる》してくれたのか？」

ぽつりと、クロはつぶやいた。

そうだ、クロが勝手《かって》に泉《いずみ》の水《みず》を使《つか》ったことも、この呪《のろ》いに力《ちから》をあたえるきっかけになってしまったんだった。そして、クロがそんなことをしたのは、あたしのせいでもあって……。

「クロ！」

「アカリ！」

あたしたちはお互《たが》いの名前《なまえ》を呼《よ》んだ。

そして、息《いき》を合《あ》わせ、矢《や》を放《はな》つ！

矢《や》は風《かぜ》に乗《の》り、刀《かたな》に向《む》かってまっすぐに飛《と》んでいく。

そして――そのまま結界《けっかい》を貫《つらぬ》き、刀《かたな》に刺《さ》さった。

パーン……と音《おと》をたてて、刀《かたな》が砕《くだ》け散《ち》る。

「やった――」

思《おも》わず、あたしは叫《さけ》んでいた。

結界《けっかい》を作《つく》り出《だ》していた邪気《じゃき》も、黒《くろ》い霧《きり》も、消《き》えていく。

泉《いずみ》の水《みず》も、もとの澄《す》んだ水《みず》に戻《もど》っていく。

勝《か》ったんだ、あたしたち、呪《のろ》いに。

そして――、

「やった！　すごいな、アカリ、やっぱりおれの姫巫女《ひめみこ》はアカリしかいない！」

クロがあたしを抱《だ》き上《あ》げて叫《さけ》んだ。

「千年前《せんねんまえ》からずっとずっと、おれはアカリだけが好《す》きだ！」

そう言《い》ったクロの笑顔《えがお》は、この半年《はんとし》――奇跡《きせき》が起《お》きてクロが人間《にんげん》になってから、ずっとあたしに向《む》けてくれていた、大好《だいす》きな笑顔《えがお》と一緒《いっしょ》――。

「クロ……記憶《きおく》、戻《もど》ったんだね」

たしかめなくても、あたしにはわかった。

あたしもクロにしがみついた。

あたしとクロの思《おも》い出《で》が、いくつもいくつもよみがえってくる。千年前《せんねんまえ》のものなのか、今《いま》のあたしのものなのか、わからないくらい、いくつもいくつも。

あたしと、千年前《せんねんまえ》の姫巫女《ひめみこ》が、今《いま》やっと一《ひと》つになったんだ——。

「クロ、あたしも、クロのことがずうっと大好《だいす》き！」

自然《しぜん》に、その言葉《ことば》が口《くち》から——ううん、心《こころ》の底《そこ》からあふれだしていた。

クロがあたしを、ぎゅっと抱《だ》きしめてくれる。

あたしたち、やっと、一緒《いっしょ》にいられるようになった——千年《せんねん》のときを越《こ》えて。

もう絶対《ぜったい》に、離《はな》れないんだから……！

あたしもクロのことをぎゅううっと抱《だ》きしめた。


——って、そこまでは、あたしもクロもまわりのことなんか気《き》にせずにいたんだけど。

「あー、コホン、コホン」

そこで、なんともわざとらしい咳払《せきばら》いが聞《き》こえた。

ハッと、あたしは気《き》づいた。

「そ、そういえば……」

ふり向《む》くと、そこには、複雑《ふくざつ》な顔《かお》をしたパパがいて、あたしをじとーっと見《み》ている。

それだけじゃなくて、レイちゃんにミドリ、ＲＩＯ《アールアイオー》のみなさん……みーんな、あたしとクロを見《み》ている。

「わ……っ」

あたしはあわてて、クロを突《つ》きとばす勢《いきお》いではなれた。

みんなの目《め》の前《まえ》で、あたしってば、なんてことを。

それから、いそいでパパに言《い》い訳《わけ》をする。

「あの、えと、パパ、これはその……」

「玖狼《くろう》くん」

パパはあたしを無視《むし》して、クロのほうに神妙《しんみょう》に声《こえ》をかけた。

「はい、おやじどの」

クロはとってもまじめな顔《かお》で、パパに答《こた》えた。

「……まあ、なんというか、私《わたし》もこの神社《じんじゃ》の神主《かんぬし》だ。あなたのことも、千年《せんねん》の約束《やくそく》のことも、すべて、もろもろ理解《りかい》しているつもりではあるんですがね。——とはいえ、アカリは現代社会《げんだいしゃかい》ではまだ中学生《ちゅうがくせい》だってことを、くれぐれも、忘《わす》れないでくださいよ」

「もちろんです」

クロはかしこまって、うなずいた。

「おれはちゃんと、アカリがおとなになるまで待《ま》ちますよ。——千年待《せんねんま》ったんだ。これからの何年《なんねん》かなんか、おまけみたいなもんです。——な、アカリ」

「うん！」

うなずき合《あ》うあたしたちをむずかしい顔《かお》で見《み》ていたパパは、じきに、やれやれって肩《かた》をすくめた。しょうがないなーって感《かん》じで苦笑《くしょう》する。

「あ、アカリ、また髪《かみ》が伸《の》びてる――」

叫《さけ》んだのは、レイちゃんだった。

気《き》がつけば、あたしの髪《かみ》はまた長《なが》くなっていて、金色《きんいろ》の矢《や》になるひとふさの金《きん》の髪《かみ》もあった。

じゃ、さっきの弓矢《ゆみや》は――と思《おも》って目《め》を向《む》けると、さっき呪《のろ》いの刀《かたな》を破壊《はかい》し、そのまま地面《じめん》につきささっていた金色《きんいろ》の矢《や》が、きらきらと光《ひか》り始《はじ》めたところだった。

矢《や》は、光《ひかり》のなかで、またもとのたくさんの破魔矢《はまや》に戻《もど》ったかと思《おも》うと、それぞれに空《そら》を飛《と》んでいく。

きっと、もとの神社《じんじゃ》に戻《もど》っていくんだ。

「……ありがとう。助《たす》かった。また挨拶《あいさつ》に行《い》くからな!」

クロがその矢《や》たちに声《こえ》をかけた。

そして、弓《ゆみ》のほうは、あたしが大事《だいじ》に両手《りょうて》で持《も》って、博士《はかせ》の連《つ》れてきてくれたオオカミの神《かみ》さまの像《ぞう》に返《かえ》した。

受《う》けとってくれた神《かみ》さまの目《め》が、またキラリと光《ひか》った気《き》がしたから、あたしは心《こころ》のなかであいさつをした。

今日《きょう》はありがとう。これからも、なかよくしてくださいね。

それから、あらためて、あたしは博士《はかせ》にもお礼《れい》を言《い》った。

「今度《こんど》のことでは、本当《ほんとう》に博士《はかせ》に助《たす》けていただきました。ありがとうございました」

「いやいや。わしも、またまたふしぎな体験《たいけん》をすることができて、感謝《かんしゃ》しておるよ。世界《せかい》を旅《たび》するのもいいが、ふしぎなことは目《め》の前《まえ》でも起《お》きるものじゃな」

博士《はかせ》はそう言《い》って笑《わら》った。

その博士《はかせ》の肩《かた》に乗《の》っていたハムちゃんが、ぴょーんとあたしの肩《かた》に飛《と》びうつってきた。

そして、また長《なが》くのびたあたしの髪《かみ》をうれしそうにさわりながら、

「アカリ……なんだか霊力《れいりょく》が高《たか》まったんと違《ちが》うか」

そう言《い》ったけど、あたしは自分《じぶん》ではわからなかった。

でも、今《いま》は、とってもすがすがしい気《き》持《も》ち。

真泉山《まいずみやま》の空気《くうき》も、澄《す》み切《き》っている。

長《なが》い長《なが》い間《あいだ》、待《ま》っていたものと、やっと出会《であ》えた。——そんな気持《きも》ちだった。

7

その後《ご》、クロはパパと協力《きょうりょく》して、もう一度《いちど》、泉《いずみ》の祠《ほこら》を建《た》て直《なお》した。あたしももちろん、手伝《てつだ》った。

祠《ほこら》ができあがると、パパはまた、

「もう少《すこ》し、医者《いしゃ》としてやりたいことがあるんだ。アカリ、玖狼《くろう》くん、神社《じんじゃ》のことはまかせても大丈夫《だいじょうぶ》だね？」

そう言《い》って、去《さ》って行《い》った。

「玖狼《くろう》くん、くれぐれも、アカリのことを頼《たの》んだよ」

くれぐれも——をかなり強調《きょうちょう》して、しつこくくり返《かえ》してもいたけれど。

一般《いっぱん》の参拝者禁止《さんぱいしゃきんし》をやめると、またおおぜいの人《ひと》がお参《まい》りにきてくれるようになった。

神社《じんじゃ》のけがれをはらうために各地《かくち》の破魔矢《はまや》をSNS《エスエヌエス》を使《つか》って集《あつ》めた——っていう事実《じじつ》は、泉水神社《いずみじんじゃ》のフシギ伝説《でんせつ》をまたまた有名《ゆうめい》にしてしまったみたいで、参拝《さんぱい》の人《ひと》は前《まえ》よりもさらに増《ふ》えた気《き》がする。

だから、あたしもクロも、いっつも大忙《おおいそが》しだ。レイちゃんちのRIO《アールアイオー》にも、これまで以上《いじょう》にお世話《せわ》になっている。

ミドリの家《いえ》のクレープ屋《や》さんも、神社《じんじゃ》と同《おな》じで、いつもにぎわっている。倉居史也《くらいふみや》くんのCM《シーエム》が解禁《かいきん》になったことで、ファンのひとたちもたくさん来《く》るようになったみたい。壁《かべ》には史也《ふみや》くんのポスターがはってある。

史也《ふみや》くん本人《ほんにん》は、前《まえ》と違《ちが》って、めったに来《こ》なくなっちゃったけど、今《いま》はサッカーの日本《にほん》代表《だいひょう》で大活躍中《だいかつやくちゅう》だから、しかたない。

そして、今日《きょう》の夜《よる》、あたしの家《いえ》は、ごちそうを作《つく》ってちょっとしたパーティーをする予《よ》定《てい》だ。——といっても、メンバーはあたしとクロとハムちゃんの、いつも一緒《いっしょ》の家族《かぞく》だけだけど。

クロはあいかわらず、イセエビとかアワビとか、なぞの高級食材《こうきゅうしょくざい》をいっぱいもらってきて、テーブルにならべている。この間《あいだ》の一件《いっけん》で、近所《きんじょ》の神《かみ》さまとさらに仲良《なかよ》くなったんだとか。

「結婚式《けっこんしき》に呼《よ》ぶ神《かみ》さまが増《ふ》えたぞー」なんて、ふざけている。

でも、今日《きょう》のパーティーのメインは、料理《りょうり》もあるけど、実《じつ》は、サッカーの試合《しあい》なんだよね。

倉居史也《くらいふみや》くんの出《で》る日本代表戦《にほんだいひょうせん》があって、これに勝《か》つとワールドカップ出場《しゅつじょう》が決《き》まるんだ。あたしたちは、それを、ごちそうを食《た》べながらもりあがって応援《おうえん》しようっていうプランを立《た》ててる。

いつもなら、家族同様《かぞくどうよう》のレイちゃんもここにいるところなんだけど、今日《きょう》は違《ちが》う。レイちゃんは、国立競技場《こくりつきょうぎじょう》に出《で》かけて、現地観戦《げんちかんせん》をするんだ。

「あ、クロ、見《み》て。レイちゃんが写真《しゃしん》、送《おく》ってきた」

あたしはスマホのアプリをひらいて、クロに写真《しゃしん》を見《み》せてあげた。

試合前《しあいまえ》の史也《ふみや》くんとレイちゃんのツーショット写真《しゃしん》だ。レイちゃんは、ちゃんと史也《ふみや》くんの背番号《せばんごう》がついた代表《だいひょう》のユニフォームを着《き》て、にっこり笑《わら》っている。

「レイちゃん、ええ笑顔《えがお》やなあ」

しみじみとハムちゃんが言《い》った。

うん、あたしもそう思《おも》う。あたしとレイちゃん、長《なが》いつきあいだけど、こういう表情《ひょうじょう》ははじめて見《み》るかも。

とにかく、これで、今日《きょう》の史也《ふみや》くんの活躍《かつやく》は、決《き》まったようなものだよね。レイちゃんの愛《あい》の力《ちから》がついてるもん。

ミドリは、〈フリージア〉に集《あつ》まる史也《ふみや》くんファンと一緒《いっしょ》に、店《みせ》のテレビで応援《おうえん》するんだって言《い》っていた。〈フリージア〉はいつのまにか、史也《ふみや》くんファンの聖地《せいち》にもなっているから、おじさんがホームシアターのセットを買《か》って準備《じゅんび》しているらしい。

「史也《ふみや》くん、何点《なんてん》とるかな。楽《たの》しみー！」

あたしはうきうきと、食卓《しょくたく》についた。

「アカリ、浮気《うわき》するなよ。アカリが浮気《うわき》したら、おれの力《ちから》、また弱《よわ》るかもしれないぞー」

クロがふざけて、そんなことを言《い》う。

だけど、それがもう、前《まえ》みたいなヤキモチじゃないって、あたしは知《し》ってる。

あたしには、わかるんだ。

そして、クロだって、ちゃんとわかってる。

だって、あたしたちは、千年前《せんねんまえ》からの恋人《こいびと》どうし。

ずっとずっと、これからは一緒《いっしょ》にいるの。それが、あたしたちの運命《うんめい》なんだ。

クロ。

あたし、あなたに会《あ》えて、本当《ほんとう》によかった。


（おしまい）

★小学館ジュニア文庫★ ワクワク、ドキドキがいっぱいのラインナップ

〈大人気★「アリペン」&「ハイネ」シリーズ〉

華麗なる探偵アリス&ペンギン
華麗なる探偵アリス&ペンギン ワンダー・チェンジ!
華麗なる探偵アリス&ペンギン ミラー・ラビリンス
華麗なる探偵アリス&ペンギン サマー・トレジャー
華麗なる探偵アリス&ペンギン トラブル・ハロウィン
華麗なる探偵アリス&ペンギン ペンギン・パニック!
華麗なる探偵アリス&ペンギン ミステリアス・ナイト
華麗なる探偵アリス&ペンギン アリスVS.ホームズ!
華麗なる探偵アリス&ペンギン アラビアン・デート
華麗なる探偵アリス&ペンギン パーティ・パーティ
華麗なる探偵アリス&ペンギン ホームズ・イン・ジャパン
華麗なる探偵アリス&ペンギン ウィッチ・ハント!
華麗なる探偵アリス&ペンギン ファンシー・ファンタジー
華麗なる探偵アリス&ペンギン リトル・リドル・アリス
華麗なる探偵アリス&ペンギン ゴースト・キャッスル
華麗なる探偵アリス&ペンギン ウエルカム・ミラーランド
華麗なる探偵アリス&ペンギン ウィッシュ・オン・ザ・スターズ
華麗なる探偵アリス&ペンギン ダンシング・グルメ
華麗なる探偵アリス&ペンギン ペンギン・ウォンテッド!
華麗なる探偵アリス&ペンギン キャッツ・イン・ザ・スカイ
華麗なる探偵アリス&ペンギン スパイ・スパイ
華麗なる探偵アリス&ペンギン ハッピー・ホラー・ショー
華麗なる探偵アリス&ペンギン スイーツ・モンスターズ
華麗なる探偵アリス&ペンギン イッツ・ショータイム!

探偵ハイネは予言をはずさない
探偵ハイネは予言をはずさない ハウス・オブ・ホラー
探偵ハイネは予言をはずさない デートタイム・ミステリー
探偵ハイネは予言をはずさない スクール・ゴースト・バスターズ
探偵ハイネは予言をはずさない ファントム・エイリアン

〈ジュニア文庫でしか読めないおはなし!〉

愛情融資店まごころ 全3巻

アズサくんには注目しないでください!
あの日、そらですきをみつけた
いじめ 14歳のMessage
おいでよ、花まる寮!
オオカミ神社におねがいっ!
オオカミ神社におねがいっ! 姫巫女さまの大事件
オオカミ神社におねがいっ! 姫巫女さまの宝さがし
オオカミ神社におねがいっ! 姫巫女さまの再出発

次はどれにする？ おもしろくて楽しい新刊が、続々登場!!

お悩み解決！ ズバッと同盟　全2巻
緒崎さん家の妖怪事件簿　全4巻
家事代行サービス事件簿 ミタちゃんが見ちゃった!?
家事代行サービス事件簿 ミタちゃんが見ちゃった!? ごちそうレシピで名推理!!

彼方からのジュエリーナイト！　全2巻
ギルティゲーム　全6巻
銀色☆フェアリーテイル　全3巻
ぐらん×ぐらんぱ！ スマホジャック　全2巻
ここはエンゲキ特区！
さくら×ドロップ レシピ1：チーズハンバーグ
ちえり×ドロップ レシピ1：マカロニグラタン
みさと×ドロップ レシピ1：チェリーパイ
さよなら、かぐや姫～月とわたしの物語～
12歳の約束
シュガーココムー 小さなお菓子屋さんの物語 ～たいせつなきもち～
白魔女リンと3悪魔　全10巻

世界中からヘンテコリン!? 世にも不思議なおみやげ図鑑 メキシコ&フィンランド編
ぜんぶ、藍色だった。
そんなに仲良くない小学生4人は謎の島を脱出できるのか!?
転校生 ポチ崎ポチ夫
天才発明家ニコ&キャット　全2巻
TOKYOオリンピック はじめて物語
猫占い師とこはくのタロット
のぞみ、出発進行!!
初恋×ヴァンパイア
初恋×ヴァンパイア 波乱の学園祭!?
パティシエ志望だったのに、シンデレラのいじわるな姉に生まれ変わってしまいました！
大熊猫ベーカリー　全2巻
姫さまですよねっ!? 姫さまVS.暴君殿さまVS.忍者 大坂城は大さわぎ！
姫さまですよねっ!?弐 でっどorあらいぶ！ 竜宮城で大ピンチの極み!!
姫さまですよねっ!?参 姫さまVS.謎の姫君！ でんじゃらすガチバトルDEATH!!
ホルンペッター
ぼくたちと駐在さんの700日戦争 ベスト版 闘争の巻
三つ子ラブ注意報！　全3巻
見習い占い師 ルキは解決したい!! 友情とキセキのカード
ミラクルへんてこ小学生 ポチ崎ポチ夫
メチャ盛りユーチューバーアイドルいおん☆
メデタシエンド。　全2巻

ヤミーのハピ＊やみ洋菓子店 どんな願いも叶うスイーツ、めしあがれ！

ゆめ☆かわ ここあのコスメボックス　全6巻
4分の1の魔女リアと真夜中の魔法クラス　全3巻
レベル1で異世界召喚されたオレだけど、攻略本は読みこんでます。
レベル1で異世界召喚されたオレだけど、なぜか新米魔王やってます
訳ありイケメンと同居中です!! 推し活女子、俺様王子を拾う

わたしのこと、好きになってください。

★小学館ジュニア文庫★ ワクワク、ドキドキがいっぱいのラインナップ

〈大人気！「名探偵コナン」シリーズ〉

名探偵コナン　世紀末の魔術師
名探偵コナン　瞳の中の暗殺者
名探偵コナン　天国へのカウントダウン
名探偵コナン　迷宮の十字路
名探偵コナン　銀翼の奇術師
名探偵コナン　水平線上の陰謀
名探偵コナン　探偵たちの鎮魂歌
名探偵コナン　紺碧の棺
名探偵コナン　戦慄の楽譜
名探偵コナン　漆黒の追跡者
名探偵コナン　天空の難破船
名探偵コナン　沈黙の15分
名探偵コナン　11人目のストライカー
名探偵コナン　絶海の探偵
名探偵コナン　異次元の狙撃手
名探偵コナン　業火の向日葵
名探偵コナン　純黒の悪夢
名探偵コナン　から紅の恋歌
名探偵コナン　ゼロの執行人
名探偵コナン　紺青の拳
名探偵コナン　緋色の弾丸
名探偵コナン　ハロウィンの花嫁

名探偵コナン　黒鉄の魚影

名探偵コナン　100万ドルの五稜星

ルパン三世VS名探偵コナン　THE MOVIE

名探偵コナン　江戸川コナン失踪事件 史上最悪の二日間
名探偵コナン　コナンと海老蔵 歌舞伎十八番ミステリー
名探偵コナン　エピソード"ONE" 小さくなった名探偵
名探偵コナン　紅の修学旅行

次はどれにする？ おもしろくて楽しい新刊が、続々登場!!

名探偵コナン　大怪獣ゴメラVS仮面ヤイバー

名探偵コナン　ブラックインパクト！　組織の手が届く瞬間

TVシリーズ特別編集版　名探偵コナンVS.怪盗キッド

小説　名探偵コナン　CASE1〜4

名探偵コナン　ゼロの推理劇　安室透セレクション

名探偵コナン　安室透セレクション　ゼロの裏事情

名探偵コナン　怪盗キッドセレクション　月下の予告状

名探偵コナン　怪盗キッドセレクション　月下の幻像

名探偵コナン　京極真セレクション　蹴撃の事件録

名探偵コナン　赤井秀一セレクション　赤と黒の攻防

名探偵コナン　赤井秀一緋色の回顧録セレクション　狙撃手の極秘任務

名探偵コナン　赤井一家セレクション　緋色の推理記録

名探偵コナン　世良真純セレクション　異国帰りの転校生

名探偵コナン　灰原哀セレクション　裏切りの代償

名探偵コナン　灰原哀セレクション　裏切り者と仲間達

名探偵コナン　服部平次セレクション　浪速の名探偵

名探偵コナン　服部平次セレクション　浪速の相棒

名探偵コナン　黒ずくめの組織セレクション　黒の策略

名探偵コナン　警察セレクション　命がけの刑事たち

名探偵コナン　空想科学読本

まじっく快斗1412　全6巻

★小学館ジュニア文庫★ ワクワク、ドキドキがいっぱいのラインナップ

〈ゾクッとするホラー&ミステリー〉

1話3分 こわい家、あります。
くらやみくんのブラックリスト 全3巻
著 藍沢羽衣
イラスト◉綾野よしかず

絶滅クラス！ ～暴走列車から脱出しろ！～
著 豊田巧
絵 maceto

謎解きはディナーのあとで 全3巻

リアル鬼ごっこ
リアル鬼ごっこ リプレイ
リアル鬼ごっこ セブンルールズ
リアル鬼ごっこ リバースウイルス
リアル鬼ごっこ ラブデスゲーム
リアル鬼ごっこ ファイナル（上）
リアル鬼ごっこ ファイナル（下）

ニホンブンレツ（上）（下）
山田悠介

ブラック
山田悠介

リアルケイドロ 捜査ファイル01 渋谷編 逃げ犯を追いつめろ！

〈話題の映像化ノベライズシリーズ〉

一礼して、キス
ういらぶ。
映画くまのがっこう パティシエ・ジャッキーとおひさまのスイーツ
映画 4月の君、スピカ。
映画刀剣乱舞
映画妖怪ウォッチ FOREVER FRIENDS
怪盗ジョーカー ①～⑦
がんばれ！ ルルロロ 全2巻
小説 金の国 水の国
キラッとプリ☆チャン～プリティオールフレンズ～
小説 劇場版すとぷり はじまりの物語

心が叫びたがってるんだ。
坂道のアポロン
小説 イナズマイレブン アレスの天秤 全4巻
小説 イナズマイレブン オリオンの刻印 全4巻
小説 おそ松さん 6つ子とエジプトとセミ

世界からボクが消えたなら 映画「世界から猫が消えたなら」キャベツの物語
世界から猫が消えたなら
世界の中心で、愛をさけぶ
小説 アニメ 葬送のフリーレン 1

NASA超常ファイル ～地球外生命からの挑戦状～
8年越しの花嫁 奇跡の実話
花にけだもの
花にけだもの Second Season
ヒノマルソウル ～舞台裏の英雄たち～
ぼくのパパは天才なのだ 「深夜！天才バカボン」ハジメちゃん日記
劇場版ポケットモンスター キミにきめた！
劇場版ポケットモンスター みんなの物語
ミュウツーの逆襲 EVOLUTION

劇場版ポケットモンスター ココ

ミステリと言う勿れ

名探偵ピカチュウ
未成年だけどコドモじゃない
MAJOR 2nd 1 二人の二世
MAJOR 2nd 2 打倒！東斗ボーイズ
ラスト・ホールド！
レイトン ミステリー探偵社 ～カトリーのナゾトキファイル～1～4

次はどれにする？ おもしろくて楽しい新刊が、続々登場!!

Shogakukan Junior Bunko

★小学館ジュニア文庫★

オオカミ神社におねがいっ！ ～姫巫女さまの再出発《リスタート》～

2025年 3 月26日　初版第 1 刷発行

著者／築山 桂
イラスト／玖珂つかさ

発行人／畑中雅美
編集人／杉浦宏依
編集／伊藤 澄

発行所／株式会社　小学館
〒101-8001　東京都千代田区一ツ橋２－３－１
電話／編集　03-3230-5105
販売　03-5281-3555

印刷・製本／中央精版印刷株式会社

デザイン／黒木 香+ベイブリッジスタジオ

Printed in Japan　ISBN 978-4-09-231506-8